Impressum

Layout: Tina Krauss

Cover: Tina Krauss

Bilder: Tina Krauss

Autor: Fynn Degen

2021, Dreamc@cherverlag, 66125 Saarbrücken-Dudweiler

Widmung:

Neagan

Lieber Neagan, ich widme dir dieses Buch. Du warst der wunderschönste und einfühlsamste Kater, den ich je kennenlernen durfte. Ich bin unendlich traurig, dass das Licht , das du uns brachtest nun verloschen ist. Ich bin dankbar für jeden Tag , den du bei uns warst und ich hoffe du freust dich über diese Widmung, mein Freund.

»Ich danke Gott für meine Träume - und demjenigen, der für meine Alpträume verantwortlich ist, dem danke ich ganz besonders.«

»Zeit und Raum existieren nicht im Traum. Es sind nur wackelige Balken, an denen sich das trübe Gemüt gerne festhält, um nicht ins Bodenlose zu sinken. Die Wahrheit allerdings ist dahinter, jenseits von Uhren und Tageslicht, dort, wo nur die Mutigsten hingelangen. Die, die sich am Ende doch trauen zu denken.«

(Ex-Lex, Mutterland-Trilogie 2. Teil) Demnächst bei Dreamc@cher

Fynn Degen

EDEN

Mutterlandtrilogie 1.Teil

Taschenbuchedition

Dreamc@cherverlag

Vorwort:

»Alpträume sind bei jedem ein bisschen anders. Sie sind wie Fingerabdrücke, die uns die Nacht selbst aufdrückt. Sie spielen mit uns und auch wenn der Morgen graut, haften sie noch wie Schatten an unserer Seele.«

Es war eine Nacht auf Mittwoch irgendwann im Frühling 2019, da hatte ich einen Alptraum und obwohl er unspektakulär in einer Reihe von quälenden Träumen, die ich und eventuell einige von meinen Schriftstellerkollegen haben, ,ließ mich doch seine seltsame Stimmung nicht mehr los.

Das gruselige, alte Schlachthaus, das zuckende Licht, der Junge, der seinen Namen nicht kennt, aber immer rennen muss und nicht zuletzt sein unglaublicher Überlebenswille in einer unendlich grausamen Zwischenwelt aus Syndikat, Sekte und Menschenhändlerring. Nein, natürlich ist es nicht real.

Aber Gewalt gegen Kinder ist es leider und wir sollten nicht die Augen davor verschließen, wieviel Geld skrupellose Verbrecher mit dem Leid von Kindern tagtäglich verdienen.

Ich nenne meine Romanreihe Mutterland-Trilogie, weil die gefangenen Kinder aus dem ersten Teil, die Frau, die das Camp befehligt, in dem sie tagein tagaus gepeinigt werden, als „Mutter" ansprechen müssen. Dies ist eine besondere Ironie und Demütigung.

Meine Hauptperson nennt sich selbst Christo. Wieso ist er etwas Besonderes? Nun in erster Linie einmal, weil er obwohl er besonders hart bestraft wird, nicht gebrochen zu sein scheint. Auch wenn er Tiefphasen erlebt und dem Tod mehrere Male von der Schippe springen muss, schafft er es dieses kranke System anzuzweifeln und irgendwie gibt er seiner Freundin Callisto und seinem Freund Peter damit Hoffnung auf ein Leben in der „richtigen Welt".

Ich liebe auch, wie mutig Christo ist, wie er sich ungeachtet seines eigenen Lebens gegen die Unterdrückung auflehnt und sich vor seine Freunde stellt. Er ist auf jeden Fall ein Held! Ein Held ist eigentlich jeder, der seine eigene Angst überwindet. Die Frage ist, ob derjenige, der mehr Angst hat, dadurch gleich ein größerer Held wird.

Hierbei kommen wir zu Peter, Christos bestem Freund.

Er ist leider beim täglichen Training zu langsam und kann "Mutters" Ansprüche nicht erfüllen. Doch ist er schlau und schmiedet mit Christo Fluchtpläne.
Callisto ist Christos quirlige, kleine Freundin, auch sie erfüllt nicht die Ansprüche des Camps sich spätestens ab 12 Jahren aufs Heiraten vorzubereiten. Christo fühlt sich ihr wie einer kleinen Schwester verbunden, doch das soll sich bald ändern.

Dann gibt es da noch Gabriel, einer der sogenannten „Onkel", er hasst Christo abgrundtief und niemand weiß warum.
Allerdings ändert sich Gabriels Stimmung, denn irgendwann muss er anerkennen wie mutig dieser Junge handelt und dann und wann lässt er sich diese Anerkennung anmerken.

Die Kinder jedenfalls wollen fliehen und ihnen ist zu wünschen, dass sie es schaffen. Sie wollen in die „richtige Welt", um dort Christos leibliche Mutter zu finden. Denn er erinnert sich an sie und träumt von ihr.

Ob sie das schaffen, müsst ihr selbst nachlesen. Ich wünsche ihnen und euch viel Glück auf diesem Weg.

Euer Fynn!

»Morituri te salutant!«

(»Die Todgeweihten grüßen dich!«)

Sollte euch gefallen, was ihr entdeckt, besucht mich auf meiner Website und schnappt euch den zweiten Teil (EX-Lex), der demnächst bei Dreamc@cher erscheint.

fynn-degen-mutterlandtrilogie.jimdofree.com

Inhaltsangabe:

Bilder: von Tina Krauss

1.Christo

Der ewige Wind prallte an die Felsen.

Ich sah das Meer nicht, aber ich konnte es riechen. Man roch es immer und man spürte es immer. Es bildete sich ein zarter Salzfilm auf der Haut.

Man konnte ihn schmecken, wenn man über die Hand leckte.

Ich tat es nicht, doch er war da und ich wusste, ich hätte es jederzeit gekonnt.

Das Salz wanderte also irgendwie durch die Luft. Und ich wünschte von ganzem Herzen, das könnte ich auch.

Von hier, wo ich saß, sah ich das ganze Lager. Es war ein trostloser Ort, ein altes Schlachthaus mit gruselig, gekachelten Räumen im Untergeschoß zur Linken, in der Mitte ein Hof mit roter Erde - überall war sie.

Im Norden war eine riesige Scheune mit schwarzverschorftem Holz. Der Wind pfiff ein Lied durch ihre Balken. Es war ein Lied des

Schmerzes. Das Holz trug den Schorf, als sei es selbst bei den unaussprechlichen Dingen, die unter ihm geschehen waren, verletzt worden.

Ab und an, wenn der Wind und das Gejammer sich legten, dann konnte ich die Brandung hören.

Manche Leute lernten von ihren Eltern beten.

Unsere Eltern waren Schemen in unseren Köpfen. Verschwommene Geister, die uns in wirren Träumen zulächelten.

Meine Mutter streckte mir in solchen Träumen die Hände entgegen: »Komm!«, flüsterte sie. »Wir müssen gehen!«

»Nein, ich kann nicht. Ich weiß nicht wohin!«

»Komm!«, verlangte sie. »Es ist keine Zeit mehr!«

»Bitte Mama! Überall ist Wasser. Ich weiß nicht wohin.«
Dann war ihr Gesicht nahe an meinem, ihre Züge verzerrten sich:

»Renn!«

Ich fuhr schweißgebadet hoch. Peter beschwerte sich über mir.

»Oh, Christo! Was soll das? Immer das Geschrei in der Nacht. Lass schlafen!«

Er war mein bester Freund. Eigentlich sollte man an einem Ort wie diesem keine Freunde haben.

Unsere Namen gaben wir uns selbst, meiner war Christo. Wahrscheinlich war ich etwa 14 Jahre alt. Genau wusste ich es nicht. Ich wusste nicht, wer ich war und ich wusste nicht, wo ich war. Ebenso wie all die anderen.

Das einzige, was wir wussten - wir mussten schnell sein!

2.Mutter

Ich sah alles von hier oben, einem Hügel umrahmt von Ginster, weit weg vom Geschehen.

Ich hatte zwei Zigarettenstummel in der Tasche und ein Feuerzeug, das ich einem der „Onkel“ geklaut hatte, als es ihm aus der Tasche gefallen war.

Es war grellgelb und eine durchsichtige Flüssigkeit schwappte darin. Es war mein Schatz. Ich steckte den einen Stummel in den Mund und ließ eine kleine Flamme tanzen. Dann inhalierte ich und alles war noch ein bisschen weiter weg... der ganze Dreck,... der ganze Scheiß,... mein ganzes verficktes Leben.

Viele haben Angst vor dem Tod. Aber ich stellte ihn mir als Erlösung vor, vor all dem Grauen. Manche von den Jungs erzählten von Trips, die die „Onkel“ ihnen verpasst hatten, um sich an ihrer Reaktion zu ergötzen. Ich stellte mir den Tod wie solch einen Trip vor: Alles wäre cool und nichts und niemand konnte einem mehr was.

Eine Staubwolke auf dem Hof verriet, dass sie kam. Wir mussten sie Mutter nennen, ihren wahren Namen kannte keiner. Sie hatte ein paar der älteren Mädchen dabei, die Mädchen freuten sich. Sie lachten und kicherten durcheinander. Sie hatte ihnen Kleider und Schminke gekauft und die doofen Hühner dachten, es gäbe ein Fest.

Ich spuckte die Kippe in den roten Sand und schob mit den Zehen Erde darüber. Dann stieg sie aus - Mutter. Sie schob ihren wuchtigen Körper, den sie in ein glitzerndes, grünes Kleid gezwängt hatte, aus dem Auto. Ihr Gesicht war fleischig und rot. Ihre Augen klein wie bei einem Schwein.

Sie hatte einen riesigen Busen, doch kein Herz in ihrer Brust.

Unwillkürlich rutschte ich rückwärts und der Ginster piekte mich in den Rücken.

Von wegen Mutter - was für eine Ironie.

Ich wusste nicht viel in diesem Leben, dies wusste ich: Eine Mutter war etwas anderes.

War es die Frau aus meinen Träumen, die mit den langen dunklen Haaren, die immer bat, ich solle mit ihr kommen? Wohin nur? Eins stand fest, wir sollten schnell werden!

Keine Ahnung wieso?

Wir sollten laufen. Jeden Tag trainierten wir mit einem der Onkel, er hieß Ramon. Ich glaube, er mochte mich. Ab und zu, setzte er sich nach dem Training an die Klippe und er gab mir eine Zigarette - eine ganze.

Dann rauchten wir.
»Du bist gut! Einer der Besten!«
»Ist das wichtig?«
»Schon.«
»Warum?«
»Du stellst zu viele Fragen, Kleiner!«, er wuschelte mir durch die Haare.
»Sag schon! Warum?«
Er wandte sich zum Gehen. Ich hielt ihn an der Hand.
Dann sah er mich mit seinen braunen Augen an. Er war um die vierzig, sein Haar war schütter, sein Blick war wach, seine Haut gebräunt und er hatte durchtrainierte Waden.

»Üb weiter! Renn, das nimmt einem den Schmerz!«
»Warum haben wir im Lager keine Schuhe?«
»Wohin wolltest du wohl gehen?«, sein Blick verfinsterte sich.
»Ich weiß es nicht, sag du es mir!«

Er ließ mich sitzen, ich war ohnehin gefangen. Ich war Mutters Gefangener, genau wie all die anderen.

Sie war die Reinkarnation des Bösen. Dennoch ließ sie sich feiern und hofieren wie eine Göttin. Doch ich war anders. Ich wusste vieles.

Ich beobachtete vieles, dabei konnte man einiges erfahren.

Beim Abendessen in der großen Scheune sah ich auf Mutters Tisch Brathähnchen in Hülle und Fülle, während auf unseren Tellern irgendeine undefinierbare graue Pampe wabbelte. Ich hatte Küchendienst und der war beliebt, weil man dann und wann einen fetten Bissen abstecken konnte. Aus einer Karaffe goss ich roten Wein in die hohen Gläser von Mutter und ihrem Hofstaat. Ich war sehr darauf bedacht nichts zu verschütten, denn eine Buße wäre die Folge. Das könnten Hiebe mit dem Gürtel sein, was noch das Harmloseste wäre. Beliebt war außerdem Schlafentzug, so dass man nächtelang auf dem Hof stehen musste, bis die Beine unter einem nachgaben.

Manchmal hängten sie besonders aufmüpfige Jungs an zwei Ketten über dem Scheunentor auf. Das konnte bis zu einem Tag und einer Nacht so gehen.

»Wir danken dir, große Mutter, für dieses reichhaltige Mahl, mit dem du uns beschenkst! Unser unwürdiges Leben soll dir gehören, unser Mund nur Worte des Lobes hervorbringen. Du bist unsere Vergangenheit und unsere Zukunft. Senkt die Köpfe und schwört ewige Treue. Verdammt seien die, die diesen Schwur brechen. So sei es!«

Ich wisperte das „Bekenntnis“, wie wir es nannten und sah dabei auf meine schmutzigen Füße. Ein, zwei Mal warf ich einen winzigen Blick auf die Hähnchenplatte. Beim zweiten Blick begegnete ich Gabriels Augen. Sie waren schwarz wie bodenlose Brunnen. Was ich auch tat, wie sehr ich es auch versuchte, sie ließen mich nicht mehr los. In meinem Nacken richteten sich kleine Haare auf und das Blut schoss mir in die Wangen.

Doch ich konnte mich nicht abwenden.

Seine akkurat gegelten Haare, sein gepflegter, rabenschwarzer Bart. Ich wusste, ich sollte wegsehen. Nur konnte ich es nicht. Mir war kalt.

Zuerst bebte die Hand mit der Karaffe. Dann begann der Rest meines Körpers zu zittern. Gabriel flüsterte Mutter etwas zu. Mit ihm war etwas Besonderes. Zumindest war er besonders brutal. Er saß stets an Mutters rechter Seite. Nun stand er auf. Mutter griff nach seiner Hand. Doch er kam auf mich zu und winkte mich zu sich heran.

Meine Füße gehorchten nicht ganz, ich stand noch unter seinem Bann.

In dem großen Saal wurde es still - ganz still. In meinem Kopf war ein Gesumme und leises Gesinge. Meine Mutter sang ein Wiegenlied, meine richtige Mutter.

Seine große Hand, mit den drei protzigen Goldringen, winkte noch als ich vor ihm stand. Im Augenwinkel sah ich wie Ramon, der Trainer, schluckte und sich kaum merklich abwandte.

Ich schloss die Augen.

»Junge!«

»Ja, mein Onkel?«

»Kann es sein, dass du mich, obwohl es verboten ist, beim Bekenntnis angestarrt hast?«

»Nein, wirklich nicht! Wenn ich es getan habe, dann war es keine Absicht!«

»Du hast es also getan?«

»Nein! Ja!... Vielleicht!«

Die Karaffe wackelte.

Er sagte: »Gib mir das. Das ist zu schwer für einen wie dich.«

Meine Tränen liefen über mein Kinn und tropften auf den Sandboden.

»Es tut mir leid! Es tut mir leid!«

Dann traf mich seine Hand und ließ mich herumwirbeln, erst in die eine, dann in die andere Richtung. Das Ganze ging eine Weile. Die Welt drehte sich wie auf dem Karussell. Ich war mir nicht sicher, ob ich schon einmal auf dem Karussell gewesen war - Mutter war ja meine Vergangenheit.

Aber als er von mir abließ, lachte ich. Gott sei Dank, sah Gabriel es nicht, denn ich war zusammengesunken und meine Nase blutete so stark, dass mir das Blut wie ein Bach übers Kinn und übers Hemd lief. Ich hielt die Hände darunter und betrachtete sie ungläubig.

Ich fiel mit dem Kopf voran in den Sand. In meinen Ohren war das Wiegenlied.

Dahinter hörte ich: »Is ja eklig, der hat mir die Schuhe besudelt.«

Etwas wurde an meinem Hemd gerieben und ich hörte ein Spuckgeräusch.

»Ich will den kleinen Wichser nicht mehr am Tisch sehn!«

»Geht klar! Und nun setz dich!«

Das war ihre Stimme.

»Ja, Mutter!«

3. Callisto

Jemand packte mich grob von hinten, ich schrie: »Nein!«

Ich wirbelte herum, als ich ein helles Lachen hörte.

»Ach, Mensch Callisto!«

Callisto war anders als die anderen Mädchen. Vielleicht war sie schon zwölf oder so, aber sie benahm sich wie acht und sah auch so aus. Sie war wie ein kleines, flinkes Wiesel und konnte sich überall anschleichen Während die anderen Mädchen schon mit elf auf ihr Frauendasein vorbereitet wurden, indem sie irgendetwas von irgendwelchen Ehemännern vorgeschwärmt bekamen, plötzlich ständig duschen sollten und mit Mutter in der Stadt Schminke und Kleider besorgten, war Callisto einfach genauso dreckig wie eh und je.

Sie kugelte sich hinter mir vor Lachen, weil sie mich erschreckt hatte.

Ich stürzte mich auf sie: »Du blödes, kleines Frettchen!«

Ich drückte ihre Schultern herunter. Sie war mager, wand sich aber mit der Kraft einer gespannten Sprungfeder unter mir.

Ihre langen, dunklen Haare war zu verfilzten Zöpfen gedreht und ihr Gesicht ziemlich schmutzig und grau. Unter dieser Schicht schimmerten ein paar dunklere Punkte und ich wusste, dass es Sommersprossen waren. Sie roch nach Treibholz, Schweiß und der satten, schwarzen Erde nach der man in der Sandkiste tiefer graben muss.

Ich hielt einen kurzen Moment inne. Und es war ein verzauberter Moment, denn Callisto hörte auf zu zappeln. Ich sah ihr in die wasserblauen Augen. Sie waren so hell, dass ich mein eigenes Gesicht sah. Auch ihre Zähne waren erstaunlich weiß. Sie hörte auf sich zu wehren und ich wusste nicht was ich machen sollte. Der Wind frischte auf und brachte einen Schwall dieser brackigen Seeluft, die ich so liebte.

Meine Haare waren voller Sand und der rieselte Callisto auf die Stirn. Sie schürzte die Lippen. Wollte sie mich bespucken oder am Ende küssen?

Was fast noch schlimmer wäre.

Ich zögerte und hatte so ein Kribbeln, als ob ich niesen müsste.

Plötzlich dröhnte eine alles übertönende Sirene und ich rollte von ihr herunter und strich mir die Haare aus der Stirn.

»Mensch Christo, du bist echt so ein Idiot!«

Sie hatte sich von mir weggedreht und schmollte. Ich hielt ihr die Hand hin und zog sie hoch.

»Wenn du hier rauskommst, das sag ich dir, dann nimmst du mich mit! Du hast es versprochen!«

»Ich weiß!«

»Sie werden dich prügeln, wie sie es immer tun!«

Wir liefen nun offen Richtung Lager. Sie neben mir. Ich hatte den letzten Rest Zigarettenstummel im Mund.

»Ich weiß!«

4. Der Plan

»Pläne zu machen ist einfach. Nur dass sie gelingen ist schwer.«

Natürlich hatte Callisto recht gehabt. Sie war vielleicht gar nicht so dumm wie ich dachte.

Natürlich war ich geschlagen worden - diesmal mit einer Rute. Urs, einer der Onkel, hatte mich höchstpersönlich geschlagen. Eigentlich war er ein hohes Tier und fuhr mit Gabriel und Mutter zusammen öfter weg. Dann kam er zurück und grinste über seine pummeligen Wangen.

Er musste mich schlagen, denn ich hatte nicht gehorcht und mich nicht an den Plan gehalten.

Der Plan besagte, dass ich und ein anderer Junge das Gehege der Kleinkinder saubermachen mussten. Ja, das war echt komisch, sie hatten ein echtes Gehege für die kleinen Kinder, bei denen niemand so genau wusste, wo sie herkamen. Und sie heulten und spielten darin mit ein paar Bällen, ein paar Hüpftieren und kaputten Puppen. Vielleicht war es bei mir, meinem Freund Peter und Callisto auch so gewesen. Ich zermarterte mir das Hirn, aber ich konnte mich nicht daran erinnern, wie ich hier her gekommen war. Und auch sonst konnte sich keiner erinnern.

War das nicht seltsam? Eine kollektive Gedächtnislücke.

Jedenfalls wollte ich mich nicht an den Plan halten. Ich wollte denken und wenn ich den ganzen Tag arbeitete, dann konnte ich das nicht. Darüber hinaus war es ziemlich eklig das Gehege der Kleinkinder zu säubern, weil einige noch nicht richtig stubenrein waren und die Oberen hier der Meinung waren, die Natur würde sich schon von selbst erledigen, wenn sie ihnen nur tagsüber die Hosen ausließen und sie sich abschauten, wie die Älteren aufs Töpfchen gingen.

Man konnte sich kaum vorstellen, was da für eine Schweinerei entstand, wenn die Kleinen überall hin kackten und pinkelten. Die älteren Mädchen hatten dann die Ehre die Kleinen wieder einigermaßen zu säubern, was nicht weniger widerlich war.

Urs sah auf seine goldene Uhr: »Beim nächsten Mal, muss ich mir wohl etwas Abschreckenderes ausdenken!«

Er schaute mich ungläubig an: »Du schon wieder, Hemd aus!«

Vor mir war ein großer Holzbalken in die Erde gelassen. Auch er war mit der Zeit dunkel geworden. Ich ließ mich auf die Knie sinken. Ich hatte das Gefühl, ich hätte das schon einmal gemacht in einem großen, spitzen Haus, in dem bunte Fenster waren und Kerzen brannten, aber es war lange her. Ab und zu hatte ich so Tagträume.

Nun sah ich sie wieder - meine Mutter. Sie hatte ihre Haare hochgesteckt und saß neben mir. Ich sagte etwas zu ihr und die Zeit hatte die Worte verschluckt. Ich sah ihre Geste und sie führte den Finger zum Mund.

Als Urs mich schlug, hörte ich sie wieder singen. Irgendwann tat es gar nicht mehr so weh. Ich konzentrierte mich auf den Balken. Auf ihm saß eine Mücke. Dann und wann flog sie fort, vielleicht erschreckte sie das Sirren der Rute. Mich erschreckte nichts mehr. Dieses Leben weiter zu leben würde mich erschrecken. Deshalb brauchte ich einen Plan. Ein Mädchen bog um die Ecke. Es trug einen Eimer, wahrscheinlich mit Küchenabfällen für die Schweine. Als sie mich sah, zuckte sie zusammen und ich dachte, sie ließe den Eimer fallen. Doch sie bewahrte im letzten Moment die Contenance und ging weiter Richtung Scheune. Sie war beinahe dort, da schaute sie noch einmal zurück und ich sah Mitleid in ihrem Blick. Dieser Blick tat mehr weh als die Hiebe und ich wollte, dass er nie wieder an mir kleben würde.

Dann hörte ich eine Stimme über mir, eine Männerstimme. Die Fliege blieb sitzen.

»Wo bleibst du? Wir wollen das letzte Geschäft feiern. Wie wäre es mit nem Schluck?«, ich erkannte Ramon, meinen Trainer.

»Hast recht! Gib her!«

»Was hältst du dich so lang mit dem Jungen auf? Du wolltest mir beim Pokern doch noch eine Revanche geben.«

»Ach stimmt ja. Ich erinnere mich.« Er lachte und ich hörte wie er trank. Urs Stimme war dunkel: »Es ist nur... ich verstehe das nicht...«

»Ja?«

»Nun alle heulen und wimmern normal bei der Prozedur... und er tut es nicht. Eigentlich hätte ich schon lange aufgehört. Aber ich wollte auf das Heulen warten.«

Ramon lachte ein wenig: »Das kannste lassen. Der is anders!«

»Das wird ihm helfen, wenn er im Atrium ist.«

»Mag sein!«, bemerkte Ramon. Sie waren dann einfach weg und ich war sehr müde.

Callisto war da und der Vollmond schien auf mich und ich hörte die Hunde jaulen. Sie waren angebunden wie ich.

»Alter?!«

»Bist du ein Traum?«, fragte ich sie. Mein Mund war sehr, sehr trocken.

Sie half mir auf. Ich saß im Sand und sie sah in mein Gesicht und dann schaute sie sich meinen Rücken an. Sie hatte eine Schale mit Wasser erst gab sie mir etwas zu trinken. Ich riss die Schale an mich, als wäre ich durch die Wüste gerannt.

Schließlich nahm sie sie mir ab und tupfte über meine Wunden.

»Ich muss mich beeilen. Ich habe dir gesagt, du bist ein Idiot. Aber ich hatte unrecht...«, erklärte sie, »du bist ein Vollidiot! Jedes Kind weiß, dass Urs aufhört, wenn man flennt.«

»Ich weiß!«

»Wenn du das weißt, warum lässt du ihm nicht den Spaß! Er schlägt dich noch tot. Willst du das etwa?«

Ich zuckte die Schultern und es tat überall weh.
»Vielleicht will ich es. «
»Sag so etwas nicht! « Sie sah mir direkt ins Gesicht und der Vollmond ließ ihre hellen Augen blitzen: »Denk dran! Wir werden diese Scheiße hier überleben und wir kommen hier raus und du heiratest mich. Genau wie du es versprochen hast. Verstehst du?«

»Ich verstehe, aber das ist lange her, Callisto!«

»Schwur ist Schwur!«, sie kreuzte die Finger. Ein Geräusch.

»Ich muss gehen!« Sie verschüttete etwas Wasser und schon war sie verschwunden.

»Schwur ist Schwur!«, flüsterte ich. Sie kamen und machten mich los. Peter schimpfte auch. Aber er hatte einen harten Kanten Brot für mich stibitzt, denn morgen würde ein harter Tag werden. Ich hörte seinen leisen Schnaufern zu - wie so oft und lauschte nach der Nacht - wie so oft. Das fühlte sich fast vertraut an: Der Schmerz und das Verzweifeltsein. Es hätte etwas von Heimat gehabt, doch tief in meinem Herzen wusste ich, dass dies niemals richtig sein könnte. Ich lag auf dem Bauch, knabberte an dem Brot und schmiedete an meinem Fluchtplan.

Es gab vieles, was ich nicht wusste. Ich kannte die Welt nicht. Die wirkliche Welt!

Doch ich wusste auch einiges. Ich wusste, es gab eine andere Welt - eine in der man immer Schuhe hatte. Eine in der alle Menschen mit Autos dorthin fuhren, wo sie hinwollten und nicht nur Mutter und ihre Leute. Ich sah die Flugzeuge über mir. In meinem Herzen waren Bilder und die konnte mir niemand nehmen. Nicht Mutter und auch sonst niemand. Diese Bilder machten mich stark, sie redeten mir gut zu, dass ich es schaffen könnte, dass ich diesem schrecklichen System entkommen könnte. Sie machten mich zu etwas Besonderem.

Leider gab es auch Fakten, die dieses Herauskommen erschweren würden: Leider war ich dumm. Ich konnte nur mit Mühe meinen Namen kritzeln oder mit noch mehr Mühe die Nummer auf Mutters

Wagen entziffern. Auch das war Teil des Systems. Ich hatte nie eine Schule von innen gesehen. Doch ich wusste, dass es sie gab. Nur die Mädchen gingen so mit neun ungefähr in eine Art Unterricht, in dem sie lernten, eine gute Frau zu werden. Dazu gehörte wahrscheinlich das Lesen und deshalb übten sie es.

Also wusste ich nicht wo ich war und nicht wohin ich wollte. Wer könnte das wissen?

Da kam mir die Erleuchtung: Die Autos kannten den Weg. Es musste mir gelingen, mich irgendwie in einem zu verstecken und schon wäre ich zumindest mal woanders und sicher gab es dort nette Leute.

Ich schloss die Augen und die Brotkrümel kitzelten mich.

»Wenn du die Mama mal verlierst und du weißt nicht mehr, wo du bist, such einen Schutzmann. Der wird dir helfen, Luca!«

»Ja, Mama!«

5. Peter

In der Nacht hatte ich komische Träume von Kerzen und hohen Fenstern in allen Regenbogenfarben und von düsteren, schweren Gesängen.

»Komm!«, sagte die Frau mit den langen Haaren. »Komm, wir müssen gehen!«

Ich ging ihr hinterher, stolperte aber über meinen offenen Schnürsenkel. Ich hatte kleine, schwarze, blankpolierte Schuhe an. Als ich aufsah, waren da nur Beine von Erwachsenen. Manche waren dicke Frauenbeine in hautfarbenen Strumpfhosen, manche steckten in schwarzen Männerhosen. Überall waren Leute.

»Mama! Mama!«

»Oh, hast du deine Mama verloren?« Eine Frau mit Dutt und einem schönen, jungen Gesicht beugte sich zu mir herunter.

»Komm!«, sagte sie und streckte mir ihre weiße Hand hin: »Na, komm schon! Ich bringe dich zu deiner Mutter!« Ich griff zu.

Als ich wach wurde, schien Mondlicht durch das Gitterfenster. Ich war klatschnass geschwitzt und als ich die dünne, fleckige Decke von mir zog, fror ich erbärmlich. Nicht nur mein Oberkörper war nass, auch mein Gesicht, ich wunderte mich.

Peter bewegte sich unruhig über mir. Irgendwo schrie ein Kauz und irgendwo wimmerte jemand. Wahrscheinlich hatten die älteren Jungs sich einen Spaß gemacht und einen Eigenbrötler vermöbelt. Eigentlich sollte man hier keine Freunde haben - wie gesagt. Aber es war schon ein Ort, an dem man zusammenhalten sollte, ein Außenseiter sollte man nicht wirklich sein - denn das war denkbar ungesund. Die Striemen auf meinem Rücken brannten wie die Hölle. Ich richtete mich halb auf und stöhnte.

Meine Hand suchte an dem alten Gitterrost über mir Halt. Er drückte sich unter Peters Gewicht bedenklich durch, obwohl er mager wie ein alter Gockel war.

Das, was Urs veranstaltet hatte, war Scheiße gewesen. Ich glaubte, ihm ging einer ab, wenn er uns zum Flennen brachte. Vielleicht war er frustriert, weil er bei Mutter immer nur die zweite Geige spielte und vielleicht war er gar nicht scharf darauf, uns Jungs zu maßregeln. Man wusste es nicht.

Ich wusste, er war ein Freund des gepflegten Spiels und da war er auch besser als der tolle Gabriel, den Mutter so sehr liebte. Er hatte die Taschen immer voller Scheine. Ich vermutete, er erleichterte seine Kompagnons darum.

Ich war ihm nicht wirklich böse. Ich nahm es irgendwie nicht persönlich, dass er mich geschlagen hatte. Es war halt so. Er war ein Schläger, einer der Onkel und es war seine Aufgabe ein Arschloch zu sein.

Eins allerdings nahm ich persönlich und zwar, dass er erwartet hatte, ich würde heulen wie ein Mädchen. Ich hatte noch einen Zigarettenstummel und ich rauchte ihn und gab dem Mond ein Versprechen: Urs würde heulen. Denn ich würde mich rächen. Ich käme hier heraus und ich würde zusehen, wie er heulte - diese dicke, alte Backpflaume.

Denn ich wusste zwar nicht, wer ich war, aber ein heulendes Mädchen war ich nicht. Ich wusste auch nicht wie alt ich war, doch ich beschloss, es sei an der Zeit ein Mann zu werden.

Peters Schlaf wurde immer unruhiger und das rostige Bett über mir gerckste. Mein Freund war ein Russe, jedenfalls ursprünglich. Am Anfang hatte er nur russisch gesprochen und vermutlich träumte er immer noch in dieser Sprache.

»Luca? Luca, pass auf! Sie werden dich kriegen!«

»Mama, ich pass schon auf! Sie kriegen mich nicht!«

»Renn!«

Flutlicht und Lärm weckten uns. Meine Wunden schmerzten, als ich in die Höhe schnellte.

»Aufstehen! Arbeitsantritt!«, schrie jemand auf dem hell erleuchteten Gang.

Mein Hemd war mit den Striemen an manchen Stellen verklebt und als ich mich bewegte, zerrte das an der Haut und entlockte mir einen Schmerzensschrei.

Peter stieg mühsam aus dem oberen Bett. Er war bleich und dürr, sein blondes Haar hing in wirren Locken.

Er sah aus als müsste er gleich kotzen.

»Hey, was is?«

Er gab mir keine Antwort und hob nur die Schultern. Wir wurden alle in die alten Waschräume geführt, in denen das Licht wie grelle Flüssigkeit über die Decke zuckte. Mein Blick schweifte zum Fenster, zu Peter, dann musste ich pinkeln.

Anschließend gingen wir an lange Becken und ließen uns Wasser über Gesicht und Hände laufen. Das Wasser war eiskalt und ich schüttelte mich. Die Jungs machten quatsch und bespritzten sich.

Peter war immer noch weiß, als er zu uns kam. Ich zog ihn ans Becken.

»Mensch, was is denn?« Keine Antwort.

Ich wusch ihm den Kopf und trank selbst. Ich schöpfte Wasser in seinen Mund und war beruhigt, als er schluckte.

Vier von den jüngeren Onkeln, die sich noch keinen Namen gemacht hatten, ließen uns auf zwei LKW- Ladeflächen steigen und bedeuteten uns, wir sollten uns setzen. Zwei setzten sich jeweils zu uns. Diese beiden hatten Gewehre im Anschlag.

»Weißt du, was die Scheiße soll?«, fragte ich einen der anderen Jungs. Ich glaubte, er hieß Sergei und hatte schwarze Haare.

»Keine Ahnung! Aber mir schwant nichts Gutes.«

Ich lehnte mich an die kühle Ladefläche. Peter lehnte sich gegen mich. Der Schmerz war mein ständiger Begleiter und ich stellte mir vor, er helfe mir wach zu bleiben. Allein das tat er nicht. Der LKW ruckelte noch keine zehn Minuten über unbefestigte Straßen, da träumte ich schon.

Im Traum war ich der kleine Junge, den die Frau mit den schwarzen Haaren Luca genannt hatte.

Ich weinte nach meiner Mutter. Denn nachdem ich sie verloren hatte, brachte mich die fremde Frau nicht zu ihr, sie brachte mich vielmehr in ein Auto.

Das Auto ruckelte und ich heulte und schrie. Die fremde Frau hielt mich auf ihrem Schoß fest.

»So beruhige dich doch!« Sie hielt mir grob den Mund zu. »Wir fahren doch zur Mama!«

Ich war noch klein, doch erkannte ich die Lüge.

»Das Balg raubt mir den letzten Nerv, Gabriel! «

Ein dunkles Lachen vom Fahrersitz: »Du wolltest ihn unbedingt mitnehmen, Samantha! Ich habe dir gesagt, lass es bleiben - ein Slizitsky, die machen nur Ärger!«

»Ich habe mit seiner Mutter noch eine Rechnung offen!«

»Das ist lange her, wir waren noch Teenager und dann ehrlich, es ist unorthodox die Kinder da hinein zu ziehen!«

»Als ob du wüsstest, was unorthodox ist, Gabriel.«

»Ich ahne es zumindest im Gegensatz zu dir, meine Liebe.«, behauptete er vom Fahrersitz.

»Es geht nicht um den Jungen, das weißt du wohl. Was kann ich dafür, wenn sie nicht aufpasst?«

»Ich gebe dir einen guten Rat, Samantha. Es ist niemals gut, Geschäft und Privatleben zu vermischen.«

»Sagt gerade der Richtige!«

»Sein Vater war ein stures Arschloch und bei dem Kleinen wird es genauso werden!«

»Ich will nicht, dass du so von ihm redest!«, sagte sie.

»Das Gute ist, dass du mir nichts verbietest. Und jetzt gib ihm von dem Saft, sonst vergess ich mich.«

Mit einem Ruck wurde ich wach. Der Lastwagen hielt auf einem Acker. Die Sonne ging gerade erst über einem Wäldchen auf. Wir sprangen von der Pritsche und streckten uns.

Die vier „Onkel" brachten sechs Körbe und verteilten sie auf den Gehwegen zwischen den Pflanzen. Diese waren merkwürdig verdorrt und ungesund. Ich fragte mich, was das für ein komisches Kraut wäre, so welk und gelb.

Außerdem wollte ich wissen, wo wir hier waren. Ich streckte die Nase in die Luft. Kein Meeresgeruch weit und breit. Warum war ich eingeschlafen? Ich hätte mir den Weg merken müssen. Hier konnte es nicht nur Felder geben. Irgendwo mussten Leute sein, vielleicht sogar so welche, die nicht zu Mutters Meute gehörten.

Peter schwankte. Er sah immer noch so fürchterlich aus. Ich wusste nicht, was mit meinem Freund los war und stützte ihn am Arm.

»Was guckst du so blöd?«, fuhr mich einer dieser Jung-Onkel an. Da wir im Camp allen einen Familientitel gaben und es nicht besser wussten, nannten wir diese Eiferer mitunter Vettern.

Sie hatten nicht viel zu sagen und wahrscheinlich noch weniger zu verlieren. Doch sollte man sich hüten, denn sie waren nicht weniger brutal als ihre älteren Vorbilder. Es kam sogar vor, dass sie die Jungen noch härter bestraften und ich glaubte, dass sie sich an den älteren Mädchen vergriffen, wenn es nicht auffiel. Vielleicht erzählten sie ihnen auch, dass sie sie hier rausholten und dass sie ihnen das wahre Leben zeigten.

Wer konnte das wissen? Womöglich taten sie es dann ja doch freiwillig mit ihnen. Es war nicht so, dass wir im Lager etwas über die Liebe beigebracht bekamen. Doch man bekam so einiges mit.

Ich hatte mal zwei beobachtet. Sie waren im Schuppen. Ich war so zehn. Eigentlich sollte ich zur Strafe den Schweinestall ausmisten. Was ich ausgefressen hatte, wusste ich nicht mehr, aber ich erinnerte mich daran, dass ich Angst bekam, als ich Stimmen hörte, denn ich war noch nicht so weit gekommen. Damals hatte ich noch Angst vor den Schlägen. Ich löschte also die Lampe und versteckte mich hinter der Tür. Das, was ich durch ein Astloch sah, veränderte mein Leben.

Der Vetter hatte mir ein Bein gestellt und ich war hingeknallt. Nun lachte er mich aus.

»Guckt euch den an, der fällt über seine eigenen Füße!«

Instinktiv rieb ich mein Knie. Ich ärgerte mich und wünschte mir stärker zu sein und frei zu sein, dann würde ich es denen schon zeigen. Peter reichte mir die Hand, auch wenn er sich sonst wie ein Zombie verhielt.

Nun gab der Typ mir einen Tritt und schrie: »Buddelt die Dinger aus und ab auf den Laster damit!«

Beinahe wäre ich noch einmal gefallen. Gerade noch so fing ich mich.

Ich schob den Korb zwischen mich und Peter und guckte verwirrt nach links und rechts. Was sollte ich eigentlich machen?

»Guck mir zu!«, Peter machte eine Kopfbewegung Richtung Pflanze. Er zog an den Blättern und mit einem Mal kamen Wurzeln mit irgendwelchen dicken, schmutzverkrusteten Knollen zutage.

»Das sind Kartoffeln, du Dummbatz!« Nun huschte doch ein schiefes Lächeln über das Gesicht meines Freundes.

»Woher weißt du das?«, fragte ich ehrlich überrascht.

»Keine Ahnung! Ich weiß es halt.«

»Warum warst du so komisch heute Morgen? Bist du noch sauer, weil ich gegen den Plan verstoßen habe.«

Er zögerte ein bisschen und ich begann die Kartoffelpflanzen zu ernten, so wie er es mir gezeigt hatte.

»Nein, es ist nur so. Ich werde sterben.«

»Bist du krank?«

»Ich glaube nicht, aber ich hatte einen schrecklichen Traum und am Ende war ich tot.«

»Am Ende sind wir doch alle tot.«, meinte ich. Ich zog eine stattliche Pflanze aus dem Boden, befreite sie vom Kraut und warf die Knollen in den Korb.

»Da hast du wohl recht. Aber manche sind tot und wir wären toter.«

Ich buddelte wie irre mit bloßen Händen. Mein Rücken tat weh und ich begann zu schwitzen.

»Wie kann man denn toter sein? Wie meinst du das denn?« Wir knieten in der nassen Erde und Peter ging es eher gemütlich an.

Der Vetter, der mich getreten hatte, lief durch die Reihen und nickte sogar anerkennend, weil ich wie ein Irrer buddelte.

»Nun überleg doch mal… Erinnerst du dich noch an den Jungen letztes Jahr - den Toten zu Sylvester?«

Leider erinnerte ich mich nur allzu gut. Er hatte vor der Scheune gelegen, ohne Schuhe, ohne Jacke und er war von Kopf bis Fuß blaugefroren gewesen. Er war wohl erst elf oder zwölf. Er hatte blaue Augen gehabt, mit hellen Wimpern, die unentwegt in den Himmel gestarrt hatten. Es hatte mich sehr erschreckt, wie steif er gewesen war.

»Der is toter. Weil, wenn ein normaler Mensch stirbt, dann bekommt er ein Grab und Blumen und Kerzen und jemand denkt an ihn. Aber an uns denkt jetzt schon niemand, denn wir sind im Niemandsland und kennen nicht mal unsere normalen Namen. Wenn wir mal nicht mehr sind, dann denkt auch niemand an uns, also sind wir ausgelöscht - toter halt.«

»Woher willst du wissen, dass nicht gerade jetzt jemand an dich denkt? Vielleicht deine Mama, vielleicht dein Papa. Woher willst du das wissen?«

»Ich weiß es einfach.«

Da kam ein Stiefel mit Karacho von hinten und traf Peter im Kreuz.

Er gab ein dumpfes Geräusch von sich und landete mit dem Gesicht in der Erde.

Es war der Vetter, der mich vorhin schon fertiggemacht hatte: »Hör endlich auf zu quatschen, du Würstchen!«

Mein Freund wischte sich den Dreck aus dem Gesicht und tat ihm den Gefallen.

6. Leni

Wir arbeiteten eine Zeit lang schweigend und Peter nahm wieder seine Zombiehaltung ein.

Als die Sonne ziemlich hoch stand und sich Schweiß und Erde genug vermischt hatten, bog ein Kleintransporter um die Ecke und einer der Vettern, so ein junger mit blondem Schnäuzer, schrie: »Pause!«

Ich stand auf und bedeutete Peter, er solle den Korb mit mir zur Pritsche ziehen. Er war zu schwer zum Heben und wir zerrten und zogen ihn mit dreckverkrusteten Fingern.

Der blaue Kleintransporter bremste und ein untersetzter, älterer Herr mit grauem Haarkranz stieg aus: »Ich bringe das Essen für die Knaben.«, sprach er den einen Vetter, meinen speziellen Freund an. »Wie geht s voran?«

»Sehr gut!«, schleimte der Vetter. »Das wäre doch nicht nötig gewesen!«

Ich sah auf meine schlammigen Füße, auf meine mageren Beine und fühlte in meinen Bauch, der seit einem Tag nichts als Wasser zu sich genommen hatte.

»Also ich find es schon sehr nötig!« Die Welt stand einen kurzen Moment still und der Vetter zog die Augenbrauen zusammen. Der Alte zuckte mit seinem Schnäuzer.

»Ach du Scheiße, ich hatte das laut gesagt. Was war nur mit mir los? Dieser Mann kam scheinbar aus der normalen Welt und ich hatte das laut gesagt.«

Das Gesicht des Vetters zog sich zu wie der Himmel vor einem Unwetter und er machte eine kaum merkliche Bewegung Richtung Fahrerhaus. Ich wusste, dass er dort das Gewehr versteckt hatte.

Die Miene des Alten hingegen hellte sich auf und er platzte mit einem schallenden Lachen heraus: »Ja, wenn ich mir dich so angucke«, er musterte mich von oben bis unten, »dann glaube ich das wohl!«

Ich wusste nicht, was ich machen sollte. Ich musste furchtbar aussehen. War ich gestern schon nicht sauber gewesen, so musste ich nun vor Dreck nur so starren. Ich begann auch zu lachen! Meine Kollegen kamen näher und einige lachten mit. Sie wirkten wie dreckige, kleine Maulwürfe, die sich den Weg ans Tageslicht gegraben hatten.

»Wie heißt du, mein Sohn?«

»Nun, gute Frage…«

Der Vetter neben mir gab mir einen Knuff: »Gib dem Mann Antwort!«

»Christo heiße ich!« Einem Impuls aus einem früheren Leben folgend, streckte ich dem Richtige-Welt-Mann meine schwarze Hand hin.

»Ich bin Holger! Das ist meine Tochter, Leni!« Erstaunlicherweise griff er meine Hand und schaute dann nach dem Beifahrersitz des Wagens und wie auf Kommando stieg ein Mädchen aus. Sie hatte ein Kleid mit Streifen an, war schlank und hatte blonde Zöpfe. Auf dem Kopf trug sie ein Tuch. Sie kam um den Lastwagen herum und ich merkte wie den Jungs die Augen übergingen. Ich spürte ihren Blick in meinem Nacken und ihren Neid. Sie fummelte an der Verriegelung des Laderaums. Gott sei Dank klemmte sie.

Ich sprang sofort hin: »Ich helf dir!« Mit roher Gewalt zerrte ich den Metallhebel aus der Verankerung.

»Danke! Das doofe Ding zickt immer rum.« Sie lächelte. Aber als ich den Kopf hob, zuckte sie ein bisschen zusammen.

Dann lachte sie: »Habt ihr keine Dusche im Jugendknast?«

»Jugendknast? Ich bin nicht...«

»Hey, Leni. Wo hängt s denn?«, rief Holger.

»Ich hab s schon Papa. Die Tür hat geklemmt...Stell dich in die Reihe!«

»Welche Reihe?«

»Na, diese hier.« Sie nahm mich an der Schulter und stellte mich vor den Laderaum, in dem ein großer Topf stand. Während ich noch verdutzt guckte, drückte sie mir eine Blechschüssel in die Hände und hob den Deckel hoch. Sie machte mir einen großen Schlag Suppe in die Schüssel, zeigte auf einen Korb: »Da is Brot! Der Nächste!«

Ich tappte überrascht auf eine erhöhte Stelle auf der Wiese zu und ließ mich einfach auf den Po fallen. Die Suppe duftete köstlich nach Fleisch. Andächtig probierte ich.

Der blonde Vetter hatte sich neben Leni positioniert, ob auch alles mit rechten Dingen zuging.

Nach einiger Zeit schielte ich unauffällig zu ihr hin. Sie hatte von der Arbeit rote Wangen bekommen und das machte sie noch hübscher.

Mein besonderer Freund, der der Peter getreten hatte, stand bei Holger. Die Jungs waren noch beim Essen und ziemlich leise, so dass ich ein paar Gesprächsfetzen aufschnappte.

»Sie wirken gar nicht wie Straftäter!«, sagte Holger. »Und die kommen aus der Besserungsanstalt?«

»Hm, ja«, log der Vetter, »etwa zwanzig Kilometer von hier, wir nennen unser Projekt „Eden", das ist so eine Art Farm!«

»Eine Art Farm?«, meinte Holger.

»Nun, durch die Farmarbeit sollen die Jugendlichen resozialisiert werden und ihr früheres Leben vergessen.«

»Ah, okay! Interessanter Ansatz...«

Das mit dem Vergessen war ihnen ja gründlich gelungen. Ich fragte mich was „resozialisiert" war. Peter setzte sich neben mich und riss mich aus meinen Gedanken.

»Na, du Casanova!«

»Ach, halt s Maul!«

»Hey, sei nicht sauer! Die is süß, die Kleine!« Er löffelte seine Suppe und sah schon lebendiger aus.

»Nix für dich, du Weichflöte!«

»Haste mitgekriegt...? Sie kommt aus der richtigen Welt.«

»Hm. Ich kann ihr nicht einmal eine Nachricht zustecken oder so, weil ich nicht schreiben kann.« Ich fühlte mich zerknirscht und müde.

»Kannst du nicht mal deinen Namen?«

»Ich weiß nicht?« Ich begann mit einem Stock im Sand herum zu kritzeln.

»Ne!«, verbesserte Peter. »Das ist ein o. So wie ein Kreis.«

»Woher weißt du das denn?«

»Das hat mir meine Freundin, Annett beigebracht.«

»Sie denkt, wir sind Verbrecher!« Ich sah zu Leni, die immer noch aus dem großen Topf schöpfte.

»Naja irgendwas müssen sie ihnen ja erzählen, wenn so eine halbverhungerte Truppe aufkreuzt, mit der andere Geld verdienen.«

»Ich will abhauen!«

»Nimmst du mich mit?«, fragte Peter.

»Ich weiß nicht. Du bist zu langsam. Ich hab Angst, dass wir dann geschnappt werden und was uns dann blüht. Sie bringen uns mit Sicherheit um.«

»Sie bringen mich um!« Peter ließ den Kopf hängen.

»Wieso denkst du das? Wenn dann bringen sie uns um.«

»Ich denke das nicht, Christo. Ich habe sie beobachtet. Gabriel und Ramon und sogar Mutter. Mit dir ist irgendetwas Besonderes.«

»Was soll mit mir besonders sein?«

»Gabriel zum Beispiel. Er hasst dich.«

»Na, toll!«

»Nein, nein!«, protestierte Peter. »Es ist etwas aus deinem früheren Leben. Ich habe gesehen, wie er dich angeschaut hat, damals vor einem Jahr, als er dich beim Essen geschlagen hat. Er hat dich gehasst und er wollte dich totschlagen! Warum hat er es nicht getan? Wer hat es verhindert?«

Ich dachte nach, rief mir diese Scheißsituation wieder ins Gedächtnis.

»Verdammt, Mutter war s!«

»Eben... Mutter war es höchstpersönlich. Denn ich habe mir schon überlegt, wenn Gabriel dich so sehr hasst, was hindert ihn es zu Ende zu bringen. Wenn er es nicht vor allen Leuten machen will, was hat ihn später gehindert und da bin ich auf die Idee gekommen: Mutter will es nicht.«

»Wieso sollte sie es nicht wollen? Ein verscharrter Junge mehr oder weniger, darauf kommt es doch nicht an. Oder?«

»Ich weiß es ja auch nicht so genau...«, grübelte Peter, »aber scheinbar kommt es doch darauf an... Fest steht, es hat nichts damit zu tun, was du getan hast. Also muss es mit deinem früheren, mit deinem richtigen Leben zu tun haben.«

»Mensch, du bist so schlau!«

»Nimmst du mich jetzt mit?«

»Ja, du bist mein Freund!«

7. S.O.S

»Scheiße, ich werd sie nicht wiedersehen!«, sagte ich traurig.

»So sieht es aus, mein Freund. Leider kannst du ihr nicht deine Telefonnummer geben.«

Wir selbst lebten in einer abgeschiedenen Welt, in einer Welt ohne Telefon und Fernseher. Allerdings wussten wir wohl, dass es so etwas gab. Denn die Onkel benutzten Mobiltelefone und in ihren Unterkünften liefen hinter geschlossenen Fensterläden Filme. Manche von den älteren Mädchen kamen auch zurück aus der richtigen Welt, die meisten schwanger und verstört, weil wohl so einiges beim Heiraten schwierig zu sein scheint. Sie erzählten auch von unendlich vielen Lichtern, von einem Meer aus Autos und so vielen Menschen, dass man den eigenen Weg nicht mehr findet. Seinen eigenen Weg zu finden ist wohl immer schwer, ob auf einer Insel oder in einer großen Stadt.

Ich kaute auf einem Stock, den ich im Wäldchen beim Pinkeln gefunden hatte.

Peter riss ihn mir aus dem Mund: »Ich habe eine Idee. Wir können eine Nachricht schreiben.«

»Kannst du denn richtig schreiben?«

»Nein, aber du kannst deinen Namen schreiben und ich schreibe S.O.S.«

»Was soll das bedeuten?«

»Es kommt aus der Seefahrt und heißt „Hilfe! Notfall!“«

»Bist du sicher?«

»Frag nicht! Mach!«

Also ritzte ich wie ein Weltmeister. Ich fand es gut. Die meisten Jungs waren total erschöpft und schliefen. Die Vettern rüttelten sie wach, es begann zu nieseln. Sie sollten weiterarbeiten.

»Ich kann es ihr nicht geben. Das ist viel zu auffällig!« Ich drückte Peter das Holz in die Hand.

»Geht klar! Für die Liebe!«

»Für die Liebe!«

Der Vetter nahm mich grob im Genick: »Beweg dich, du Satansbraten. Wir beiden haben noch ne Rechnung offen. Wer hat dir gesagt, du sollst mit dem Alten quatschen?«

Der Alte von dem er sprach, hatte es sich gemütlich gemacht, saß in seinem Fahrerhaus und las Zeitung. Leni sammelte die Schüsseln ein, die die Jungs ineinander gestapelt hatten.

Nun musste mein Ablenkungsmanöver ziehen: »Ich kann nicht! Ich habe mir den Fuß verstaucht!«, jammerte ich. Er zog mich unbarmherzig am Genick nach oben.

»Du verstauchst dir gleich noch was ganz anderes!«

Peter war schon fast bei meiner Angebeteten. Der Vetter schubste mich ein bisschen und traf die Striemen vom gestrigen Abend. Ich schnaufte erst, dann ließ ich mich ganz plötzlich fallen.

Ich änderte meine Taktik: » Nein, bitte nicht schlagen, nicht schon wieder!«, heulte ich.

Alle Blicke ruhten auf mir. Ich sah sie nicht, aber ich konnte sie spüren - besonders Lenis Blick. Ob Peter schon bei ihr war. Ich setzte noch eins drauf: »Nein, nein! Bitte lass mich!«, ich hatte die Arme um den Kopf geschlungen.

»Was is?«, erkannte ich die Stimme des blonden Vetters.

Ein Scheppern. Das Klappen einer Autotür.

»Hey! Was is denn da los? Hören Sie auf den Jungen zu schlagen!«, hörte ich Holgers Stimme. Ich heulte und weinte, als ob es kein Morgen gäbe.

»Ich habe ihm nix getan!«, behauptete der Vetter direkt über mir.

»Wer s glaubt!« Holger stand nahe bei mir: »Was sind das denn hier für Methoden? Also ich bin Ihnen ja dankbar, dass sie den Auftrag übernommen haben. Aber das sage ich Ihrer Chefin.«

Oh nein, bloß das nicht! Er wollte es Mutter sagen.

Auch der Vetter war plötzlich kleinlaut: »Also echt! Bitte! Ich habe ihm echt nix gemacht. Ganz ehrlich!«

Nun ganz richtig war das zwar nicht. Er hatte mir nur gerade eben nichts getan. Ich genoss das Zittern der Angst in seiner Stimme, dann stand ich auf. Sowohl der Vetter, als auch Holger starrten mich an.

Im Augenwinkel sah ich meinen Freund von Leni kommen.

»Ne, nix für Ungut. Ich glaube, ich hatte nur einen schlimmen Traum!«

Ich klopfte mir den Sand von der Hose und ging unbehelligt zu Peter, ich ließ mich neben den Korb fallen und begann zu graben. Schon von weitem hatte ich Peters erhobenen Daumen erkannt. Und ich grinste. Ich wusste, dass ich tot war, doch ich war nicht toter, denn heute Abend würde Leni an mich denken.

8. Bestrafung

Eins hatte ich heute gelernt: Wenn der Vetter nicht gelogen hatte, kamen wir von einer Farm, die „Eden“ genannt wurde. Ich sah zum Himmel, der sich langsam zuzog. Es wurde kühl und ich fror in dem dünnen, durchgeschwitzten Hemd. Allerdings machte es mir nichts aus, denn ich wusste, dass Leni meinen Namen kannte und ich kannte ihren. Ich musste mich konzentrieren und mir jedes noch so kleine Detail des Weges einprägen. Die Jungs sprachen leise und einige schielten zu mir herüber.

Peter hatte sich nahe an mich gedrückt: »Ich habe noch was für dich!« Er steckte mir ein Tuch zu.

Ich quetschte es in den Händen, dann roch ich daran.

»Von Leni!«, sagte Peter. Ich rollte es zusammen und benutzte es als Stirnband.

Einer, den wir Sandro nannten und der einen auffälligen Ohrring hatte, kam rüber. Obwohl der Lastwagen über eine mehr als unebene Strecke holperte, lief er lässig über die Ladefläche. »Ey Alter, was sollte das vorhin?«, fragte er in einem aggressiven Ton.

»Was meinst du denn?«, antwortete ich scheinheilig.

»Na, die Sache mit Jury, als du so rumgeflennt hast.«

»Ach das, war nur ein Scherz!« Jury hieß der Vetter also.

»In deiner Haut möchte ich nicht stecken!«

»Na tust du doch auch nicht, sonst würdest du aussehen wie ich.«

Der blonde Vetter mit der Knarre wurde aufmerksam: »Hinsetzen! Maul halten!«, bellte er.

Peter sah mich besorgt an.

»Bleib locker! Merk dir den Weg!«, beruhigte ich ihn.

Ich hatte mir schon oft überlegt, dass wir wahrscheinlich gar nicht auf einer Insel waren, denn dafür kamen zu viele Autos bei uns an. Die müssten ja sonst mit einem Schiff übers Wasser oder so. Die Mädchen, die mit Mutter einkaufen gingen, erzählten auch nix von einem Schiff. Doch sie erzählten auch nix vom Weg in die Stadt, weil sie dumme Hühner waren, denen sie mit ihren Geschichten übers

Heiraten und über die Stadt so das Hirn vernebelt hatten, dass sie nicht mehr geradeaus gucken konnten.

Sie trieben uns von der Ladefläche wie Vieh. Ich hätte kotzen können. Hinten in der Nähe der großen Scheune stand eine Gruppe der älteren Mädchen. Ich erkannte Callisto von hinten und obwohl sie mich nicht sah, drehte sie sich um und unsere Blicke trafen sich. Ich hatte die seltsame Angst, dass sie das mit Leni wüsste.

»Komm mal mit Freundchen!« Der, den Sandro Jury genannt hatte, nahm mich bei der Schulter und führte mich ganz sacht in eine andere Richtung.

»Nein!«, rief Peter.

»Was nein, wie nein?«, zischte der Vetter.

»Nein, bitte nicht bestrafen! Es war nur Spaß!«, versuchte es Peter.

»Aber, ich mache doch auch nur Spaß. Willst du mitmachen, Kleiner?« Er tätschelte Peter die wuscheligen Haare und gab ihm dann einen Rand, dass er rücklings hinfiel und hilflos sitzen blieb.

Er führte mich hinter eines der Seitengebäude, in dem auch die Küche untergebracht war. Es war in der Nähe des Platzes, wo wir damals den toten Jungen gefunden hatten. Irgendwie sah ich seine Augen immer noch vor mir, wie der in den Himmel gestarrt hatte.

»Ich hab das Gefühl, du und ich, wir sind keine Freunde. Kann das sein? Sag s dem Onkel!«

»Du bist noch kein Onkel!«

»Wir wollen doch mal dein Mütchen kühlen.«

Wir waren an einem Becken angekommen, an dem normal die Tiere tranken. Es war aus Stein und fast bis zum Rand mit Wasser gefüllt. An den Rändern hatten sich grüne Algen abgesetzt. Er stieß mich dagegen und obwohl ich versuchte mich ihm zu widersetzen, nahm er mich im Genick und tauchte meinen Oberkörper ins Wasser. Ich bekam keine Luft mehr, versuchte aber in Panik zu atmen, ich schlug mit den Armen. Er ließ mich lange darin. Ich hörte ein Lachen.

Ob das Gott war?

Er holte mich an die Oberfläche. Ich hustete und spuckte das widerliche Wasser aus. Dann nahm ich einen Atemzug.

»Jetzt merk dir eins: Ich bin dein Onkel und du wirst mir keinen Ärger mehr machen. Ich werde dir Manieren beibringen. Du wirst mich nie wieder so blamieren!«

Noch bevor ich antworten konnte und eigentlich auch bevor die Worte mein Bewusstsein erreichten, war ich wieder in dem Wasser.

Dann kam das Singen zurück. Ich hörte mich selbst als kleinen Jungen: »Mama! Mama! «

»Was ist denn?«

»Tut weh!«

»Ach, mein Schatz! Das ist doch nicht schlimm! Die Mama ist bei dir. Und solange die Mama bei dir ist, kann dir doch gar nix passieren!«

Er holte mich heraus. Wieder das Prusten.

Das Singen hörte auf und ich hielt mich nur mit Mühe am Rand des Beckens. Dann kotzte ich.

»Sag es!«, befahl Jury.

»Was denn?«, fragte ich, als ich mit Kotzen fertig war.

»Willst du mich verarschen!« Er nahm mich an meinem nassen Hemd und schüttelte mich.

Mir wurde gleich schon wieder schlecht.

»Bist du so blöd oder machst du nur so? Ich habe es dir nun fünfmal gesagt. Du sagst jetzt: Entschuldigung Onkel Jury, ich werde dir in Zukunft gehorchen!«

Er hörte auf mich zu schütteln. »Entschuldigung«, begann ich, »du bist nicht mein Onkel!«

Ich fand das alles plötzlich unheimlich witzig. Dann riss mein Film.

Ich wusste nicht, wie ich hierherkam, ich wusste nicht, ob Jury mich geschlagen oder ersäuft hatte und ich vielleicht tot war.

Fest stand: Ich hatte die Augen auf und da war nix. Kein Licht, kein Ton ... nix.

Vielleicht war ich wirklich tot. Womöglich hatte er mich umgebracht.

Ich hätte doch nicht lachen sollen.

Am Ende, war das aber alles so lächerlich gewesen.
Ich fühlte um mich herum nur nasse, kühle Erde.

War ich in einem Grab?

War das das Ende?

Ich begann wie irre zu schreien: »Peter! Callisto! Mama!«, ich schrie und schrie bis ich im Matsch zusammensank und einfach nicht mehr da war. Ich war nicht tot! Das war der Mist!

Ich atmete noch. Ich stank noch immer nach Kotze. Wenn ich tot wäre, wäre alles gut!

Leider war es das nicht. Ich musste hier raus und der einzige, der mir helfen konnte, war Jury selbst. Und warum sollte er das tun? Peter hatte nicht recht gehabt. Mit mir war nichts Besonderes. Was sollte auch Besonderes mit mir sein? Ich war auf einer Todesfarm.

Ich hatte wie alle die anderen kein Leben gehabt und ich würde sterben. Wenn ich Glück hatte ziemlich bald. Nur auf Glück konnte ich wohl eher nicht hoffen. Ich tat etwas, was ich schon lange nicht mehr getan hatte. Ich setzte mich hin, legte das Gesicht in die Hände und weinte.

9. Samantha

Ich hörte Mutters Stimme, krächzend und rauchig wie von einer alten Krähe, die durch den Kamin geflogen war: »Samatha, warum hast du das getan? Denkst du, du kannst das einfach so entscheiden und dich dem Gesetz der Familie widersetzen?«

Samantha weinte. Sie hatte mich auf ihrem Schoß, ich war still.

»Bitte verzeih mir Mutter! Ich weiß nicht, was über mich gekommen ist. Du weißt, welche Schande mir Geso angetan hat. Und vor allem Lydia… , die Hure.«

Ich sah Mutter zum ersten Mal in ihr fleischiges, rotes Gesicht, sah die kleinen grünen Schweinsäuglein und die roten strähnigen Haare, die damals schon von grauen Strähnen durchzogen waren.

Ihre Finger endeten in roten Krallen und eine hielt sie sich vor den Mund.

»Schweig Samantha! Ich verbiete dir so über sie zu sprechen.

Dass sich Geso damals für Lydia entschieden hat, war allein seine Sache. Ihr das Kind zu nehmen und dann noch auf der Beerdigung…«

»Geso ist ein Verräter. Er gehört nicht mehr zu uns Oberen. Er ist tot.«

»Eben! Er ist tot! Aber zu den Oberen gehört er trotzdem. Das ändert sich nicht nur weil man tot ist oder weil du hier ein Eifersuchtsdrama abhältst. Ich bin sehr enttäuscht von dir, Samantha. Und ich werde dich bestrafen. Wolltest du einen Krieg riskieren?«

»Nein, Mutter! Warum gibst du ihr den Jungen nicht wieder, wenn es dir nicht gefällt?«

»Werd nicht frech! Mir fällt ein, es ist endlich an der Zeit, dass du heiratest, meine Liebe. Das mit Geso hat ja nicht geklappt und Tattoo hat schon lange ein Auge auf dich. Ich denke da lässt sich etwas arrangieren.«

»Nein, Mutter. Bitte tu das nicht! Ich tue alles, was du willst. Nur das nicht!«

»Streich den letzten Satz! Du tust alles, was ich will! So einfach ist das.«

Sie weinte wieder. Ich sah sie an.

Mutter griff mir mit roten Krallen unters Kinn.

»Und dich, mein Bürschchen, interessiert das alles nicht. Ein hübscher Bengel bist du. Nein, dich bringe ich nicht zurück. Ich kann dich viel zu gut gebrauchen. Vielleicht schicke ich deiner Mutter jeden Monat ein Bild. Du bist deinem Vater sehr ähnlich. Er hatte auch keine Angst. Ich habe ihn geliebt. Ein Jammer, dass ich ihn umbringen lassen musste.«

Die Kälte war in mich gekrochen und nun ein Teil von mir. Ich hatte gewünscht, ich würde nie wieder erwachen. Doch es passierte. Und ich erwachte in völliger Finsternis und Nässe. Ich begann von neuem zu schreien. Nichts passierte. Meine Zähne klapperten, mein Herz raste.

»Ich werde hier drin sterben! Verdammte Scheiße! Ich bin jetzt schon tot.«

So einfach allerdings ist das Sterben nicht. Ganz leicht und ganz dünn fiel plötzlich Licht in mein Grab. Fünf kleine Fäden kamen von oben und berührten mich. Das Verführerische war, dass sofort die Hoffnung in meinem dummen Herz wuchs, ich könnte es doch noch schaffen.

»Hallo! Hallo! Wo seid ihr denn alle?« Ich würde mich sogar freuen, den Arsch Gabriel zu sehen. Vielleicht suchte er mich ja gerade, weil er niemand zum Verprügeln hatte.

Beinahe hätte ich wieder geweint, alles war umsonst gewesen.

Die Frage war: Wo war ich?

Es gab da oben Licht und es gab dort eine Welt. Es war nicht die richtige Welt, leider kannte ich jedoch nur diese und ich wollte dorthin zurückkehren. Mühsam versuchte ich meine Glieder zu bewegen, nach einiger Zeit gelang es mir und ich sprang auf dem schlammigen Grund. Erst schlang ich die Arme um mich, dann reckte ich sie nach oben und stellte fest, dass gar nicht so viel fehlte, wenn ich kletterte, würde ich die Decke eventuell erreichen.

So versuchte ich mich mit den nackten Füßen gegen die Wand zu stemmen. Allein, das war sehr schwer, denn die Wand bestand aus Erde und Lehm und war unendlich rutschig.

Ich konnte durch den Lichteinfall etwas mehr erkennen. Ich saß wohl in einer Art Brunnen oder so. Der Boden war mit Schlamm bedeckt, der mir etwa bis zu den Knöcheln reichte. Oben gab es wohl fünf Löcher. Gedämpfte Stimmen, Gekicher von Mädchen, Geschrei von Männern, Motorengeräusche…

»Hallo! Hallo! Hört mich denn niemand? Ich bin hier.«

Mit all meiner verbliebenen Kraft stemmte ich mich mit den Füßen gegen die Wand und kletterte ein Stück nach oben. »Du schaffst es Junge!«, rief ich mir Ramons aufmunternde Worte ins Gedächtnis, als ich zum ersten Mal über mich hinausgewachsen war und alle anderen beim Training hinter mir gelassen hatte. Es hatte wehgetan, doch es war schön gewesen. Ich war geflogen! Noch ein Stück! Ein kleines Stück! Ich streckte die rechte Hand aus. Meine Finger berührten die Steinplatte, einen streckte ich durch das Loch. Doch die Platte war schwer und meine Füße begannen zu rutschen. Unweigerlich ging es in die Tiefe. Ich wollte mich festhalten, leider vergeblich.

»Holt mich doch raus! Holt mich raus. Egal was ich getan habe, ich tue es nie wieder!«

Eine Stimme in der Ferne: »Da ruft jemand!«

Eine andere: »Ich höre nichts!«

Mit einem kleinen Platsch landete ich am Grund. Ich begann zu lachen. Ich lachte eine Weile, dann weinte ich eine Weile und schließlich wurde ich sehr müde.

»Leni, was machst du denn hier!«

»Ich bin natürlich gekommen, um dich zu retten. Es war sehr schlau von dir, mir den S.O.S.-Stock zu schicken. Ich habe dich gesucht.«

»Ich habe dich auch gesucht. Mein Freund Peter hat mir geholfen. Ich kann leider gar nicht schreiben, Leni!«

»Aber das macht doch gar nichts. Du bist trotzdem mein Held.«

»Ich dachte du magst mich vielleicht nicht, weil du doch denkst, dass ich ein Verbrecher bin.«

»Wie kommst du darauf? Ich liebe dich sogar!«

»Echt?«

»Natürlich, ich habe vierzehn Jahre auf dich gewartet. Nun musst du allerdings hier heraus. Denn du hast Fieber und bei der Kälte machst du s nicht mehr lang. Beeil dich, Christo!«

Sie gab mir einen Kuss! »Du hast etwas in deiner Tasche!«

10. Ende

Als ich erwachte, wusste ich nicht, wo ich war, aber eins war ich auf jeden Fall - in Panik.

Hier war zwar alles feucht, meine Kleider, meine Füße, die Wände - alles. Aber nirgends gab es Wasser. Ich war es gewohnt zu hungern. Aber mein Durst brachte mich um. Ich hatte nicht einmal mehr kalt. Im Gegenteil. Mir war heiß. Ich glühte förmlich. Warum klapperten dann meine Zähne? Und was ich auch nicht verstand. Was sollte ich in der Tasche haben? Was hatte Leni gemeint?

Ich überprüfte das... Und plötzlich hatte ich etwas Glattes in der Hand. Als ich es aus der Tasche zog, sah ich dass es gelb war. Ich machte das Feuer an und es brannte. Eine kleine Flamme tanzte. Ich lachte und freute mich. Doch was sollte ich nun damit machen? Ich konnte nicht denken. Mein Hirn war wie dünnflüssige, brodelnde Suppe und kein Gedanke schwamm darin.

Oben am Deckel waren kleine, fingerdicke Löcher. Vielleicht könnte ich etwas verbrennen. Aber was? Hier war alles nass. Mein Durst wurde immer stärker. Ich hatte auch das Gefühl, dass das Licht bereits abnahm. Dennoch konnte ich beim besten Willen nicht schreien. Mein Hals war so trocken. Vielleicht sollte ich Erde kauen oder so. Sie war so nass, vielleicht könnte ich das Wasser heraussaugen. Ich ließ die Flamme erlöschen und näherte mich mit den Lippen der Wand und begann an der Erde zu lecken. Es schmeckte irgendwie salzig. Aber meinen Durst löschte es nicht. Mit einem Mal kroch etwas Schleimiges über meine Finger. Ich warf den Wurm in den Matsch. Nein, so würde ich nicht weiterkommen. Ein klares Blitzlicht durchzuckte meine Gedankensuppe und ich zog mein Hemd aus. Ich ließ es auf den Boden fallen und schaufelte mit den Händen Matsch darauf. Als ich das Hemd hochhob war es schwer. Ich formte einen kleinen Sack und drehte den Stoff immer enger. Wasser floss, ich hatte es geschafft. Ich drehte noch weiter und hielt den Matschsack über meinen Mund. Brühe floss mir über die Lippen, ich öffnete sie, es floss in meinen Hals und schmeckte bitter, doch ich trank und schlürfte und wiederholte den Vorgang. Obwohl das kein wirkliches Wasser war, bahnte sich die Nässe doch ihren Weg durch meinen Hals in meinen Bauch, dort wo ein Feuer loderte.

Apropos Feuer...was könnte ich verbrennen? Nach längerem Nachdenken kam ich darauf, dass ich nix hatte. Meine Hose war nass, mein Körper war nass. Alles war nass. Alles, außer... das Band. Es war die einzige Möglichkeit. Wenn es mir gelänge, es mit Benzin zu tränken und anzuzünden und es dann durch so ein Loch zu stopfen, dann könnte jemand die Flamme sehen. Ich riss es mir vom Kopf. Das Licht wurde immer weniger, wenn es nicht bald gelänge, wäre es zu spät. Wie sollte ich nur das Benzin da heraus bekommen? Ich zog mir das Band vom Kopf und wie im Wahn riss ich mir zwei Büschel Haare aus. Ich hatte mal gehört, Haare würden gut brennen. Meine Finger zitterten und ich versuchte das Feuerzeug aufzuschrauben. Ich musste es schaffen, denn wenn ich es nicht schaffen würde, dann wäre es das Ende.

»Geh auf! Geh doch bitte auf!« Ich bohrte meine Fingernägel in die Metallummantelung, doch sie bewegte sich nicht. Ich versuchte es mit den Zähnen und zog mit der Hand.

»Geh auf, du Scheißding!«

Das Feuerzeug war rutschig und - ich hatte keine Ahnung wieso - es rutschte mir aus dem Mund und fiel. Ich versuchte es zu fangen, verfehlte es aber. Es platschte, als es im Matsch landete.

»Nein, oh nein! Bitte nicht!« Ich ließ mich auf die Knie fallen und meine Finger tasteten fahrig durch den kalten Matsch. Nichts! Es würde nicht funktionieren. Ich presste Lenis Tuch an meine Stirn. Es roch ganz zart nach Veilchen.

»Tut mir leid! Wir sehen uns nicht mehr!«

Irgendwo weit hinten hörte ich meinen Namen rufen.

»Christo? Christo?« Aber es konnte ja nicht sein. Wer sollte mich suchen? In meinem Kopf drehte sich alles und sicherlich bildete ich mir das nur ein. Da spürte ich etwas Hartes im Schlamm: Das Feuerzeug!

Ich wischte es am Tuch trocken und probierte ob es noch ginge. Beim ersten Versuch brannte es nicht, auch nicht beim zweiten. Doch der dritte Versuch brachte eine kleine Flamme zum Vorschein. Ich bohrte meinen Fingernagel unter das heiße Metall und mit einem Mal sprang es ab. Dann tränkte ich einen Zipfel des Tuches mit der Flüssigkeit und achtete jedoch darauf dass noch ein Rest in dem gelben Plastikröhrchen blieb. Ich setzte die Metallkappe noch einmal auf und fuhr mit dem Finger über das Rädchen. Es klickte und klickte, eine Flamme kam heraus - diesmal kleiner als die letzte. Nun galt es. Im letzten Licht erklomm ich die Wand. Meine Knie zitterten.

Das Feuerzeug hatte ich zwischen die Zähne geklemmt und das Tuch mit den Haaren um den Hals geschlungen. Als ich oben ankam, konnte ich die Löcher nur noch erahnen. Ich steckte meinen Zeige - und Ringfinger jeweils in eins hinein. Meine Füße begannen abzurutschen. Mir lief vor Anstrengung der Schweiß übers Gesicht. Mit der Rechten stopfte ich einen Zipfel des Tuches in ein anderes Loch. Es roch ganz leicht nach Benzin. Schließlich kam das

Schwierigste. Es musste brennen. Hastig schnappte ich mir, das Feuerzeug mit der Rechten. Meine Füße rutschten ganz langsam. »Bitte gehe an!« Das Knirschen des Rädchens - nichts. Noch einmal mit letzter Kraft drehte ich an dem Rad und es wurde heiß an meiner Hand. Eine kleine Flamme war geboren. Ich hielt sie an das Tuch, sie leckte begierig an dem Stoff und es glomm. Dann war alles zu spät!

Unweigerlich rutschte ich in die Tiefe. Ich sah nach oben. Alles war dunkel. Alles war umsonst gewesen. Erschöpft barg ich den Kopf in den Händen. Die Dunkelheit umfing mich wie ein Tuch. Ich schrie, ein Verzweiflungsschrei entrang sich meiner Seele. Niemand würde mich finden, nicht Callisto, nicht Peter. Es war der letzte Schrei, danach würde es keinen Laut mehr geben, der sich lohnte. Denn niemand war da, vor allem nicht Leni.

»Luca, weine nicht. Alles wird gut! Ich vermisse dich!«

»Ja, Mama! Ich vermisse dich auch!«

»Ich will dir etwas schenken!«

»Was denn Mama? Erzähl!«

»Du wirst es sehen, Luca. Mein lieber Sohn. Du warst sehr tapfer gewesen. Ich will dir sagen, dass ich sehr stolz auf dich bin. Aber nun ruh dich aus!«

»Ich liebe dich, Mama.«

Meine Augen wollten nicht mehr offen bleiben, ich war fertig. Aber es war gut so. Man konnte es nicht ändern. Alle starben dann und wann. Was sollte das? Da oben war plötzlich Licht und es stank nach Rauch. Asche rieselte auf mich herab. Hatte es am Ende doch noch geklappt.

Ich hörte meinen Namen - den anderen - „Christo", doch ich ließ ihn an mir vorbeiziehen und meine Augen gingen noch einmal zu.
Als ich erwachte war da Geschrei. Ich sah Sterne über mir. Ich lächelte. Ich erkannte Gabriel, er brüllte, ich lächelte wieder. Das Brüllen galt nicht mir. Neben Gabriel erkannte ich das kräftige Gesicht des Vetters, den ich als Jury kennengelernt hatte. Der, der mich umgebracht hatte. Oder war ich am Ende doch nicht tot? Eine Hand befühlte meine Stirn - Callisto. Sie weinte.
Ich wusste nicht warum. Ich wollte sie fragen, kein Wort kam über meine Lippen. Ich griff nach ihr und sie hielt meine Hand.

»Du blödes, degeneriertes Arschloch! Was hast du dir nur dabei gedacht?«
»Gabriel, bitte!«

Gabriel hatte Jury am Hals. Er hatte riesige Hände. Sie passten ganz herum. Ich fand das lustig.

»Er hat mich provoziert. Ich wollte ihn nur bestrafen. Und dann hat er sich nicht mehr bewegt und ich dachte...«

»Was dachtest du, du dumme Sau?«

Gabriel schleuderte Jury, der nur um weniges kleiner, als er selbst war, auf den Boden und drückte sein Gesicht in den Dreck. Er führte die Bewegung aus, als sei sie nichts - als sei er nichts. War Jury am Ende nicht mehr wert als ich selbst?

»Ah, du hast gedacht..., du hast gedacht... ich fass es nicht!«, der Onkel keifte und spuckte vor Zorn: »Ich wusste gar nicht, dass Schmeißfliegen denken können. Und das können sie auch nicht. Und das sollen sie auch nicht. Du dachtest also, er sei tot und da kommst du nicht zu mir? Bin ich nicht dein Padrone?«

»Doch, doch das bist du!«, jammerte Jury. »Bitte Gabriel gib mir noch eine Chance. Ich werde es nie wieder tun. Bitte!«

Doch der große, dunkle Mann vergab keine zweiten Chancen: »Du hast ihn in das Loch geworfen! Und du dachtest, er wäre tot. Wolltest du ihn begraben? Ich bin derjenige, der bestraft - nicht du. Ich bin derjenige, der tötet. Das wirst du lernen müssen!«

Jury begann zu schluchzen wie ein Mädchen: »Gabriel, bitte! Bitte nicht! Gnade!«

Ich sah Jurys Augen. Gabriel machte eine kleine Bewegung mit der Hand. Er zeigte auf das Loch.

Hinter ihm standen Männer, die zerrten Jury durch das Gras. Ich sah wieder Jurys Augen, sah die Panik in ihnen. Er streckte die Hände nach mir aus. Meine waren verschwunden. Etwas lag auf mir. Eine Plane oder so.

»Und?«, hörte ich Gabriels Stimme.

Ein hagerer Mann mit Schnurrbart beugte sich über mich. Ich sah den Schnurrbart doppelt.

»Ich weiß nicht, ob er es schafft, Don Gabriel. Ich werde tun, was ich kann!«

Lauter bunte Lichter tanzten am Nachthimmel.

»Du wirst mehr tun! Und wenn du mehr tust, wird das dein Schaden nicht sein.«

»Ich habe verstanden, Padrone! Verlass dich auf mich!«

11. Auferstehung

»Es gibt viele Monster auf der Welt. Manche kann man ganz gut erkennen. Manche tragen hingegen den Schleier des Normalen. Wenn man solch einem Monster ausgeliefert ist, dann hat man Pech. Das war mir passiert. Allerdings konnte es geschehen, dass das eine Monster einen vor einem anderen beschützte. Das war mir wohl auch passiert. Monster hatten vielleicht, wie alle anderen Raubtiere, eine Art Futterneid, so dass sie es nicht erlauben konnten, dass eines ihrer Opfer von jemand anderem gequält würde. Nein, das ging nicht. Denn, wenn man ein Opfer war, dann bekam man ein Siegel. Womöglich war es nur ein Geruch oder es verpasste einem eine kleine Narbe als Baby. Dann wusste jeder in der Monsterwelt, dass man jemandem gehörte und man wurde dadurch unantastbar für den Rest. Das Besitzermonster wartete geduldig in der Dunkelheit, es beobachtete, es verbarg sich. Und das Opfer?

Es wuchs und gedieh und freute sich seines Lebens. Doch irgendwann schüttelte das Monster seine Tarnung ab und fiel den Ahnungslosen an.

Nur ab und zu wartete es zu lange mit seinem Auftritt oder es verschätzte sich in der Wahl seines Opfers und dann …Denn das

Gute ist: Monster bleiben Monster, aber Opfer müssen keine Opfer bleiben.«

Ich war in einen Tunnel gefallen. Er war die Verbindung zwischen Leben und Tod. Ich sah nichts, doch ich hörte viel. Ich hörte Callisto, wenn sie sprach und ich hörte Peter. Hier zwischen Tod und Leben war es warm - erstaunlich warm. Ich hatte keine Angst mehr.
In dem Tunnel waren all meine Leute, sogar für Gabriel hatte ich Platz. Ich sah ihn, wie er Jury bestrafte, denn langsam träumte ich mehr und im Traum wurde ich sehr unruhig.

Leni war da. »Ich liebe dich, Leni! Kommst du mich holen?«
»Ich liebe dich auch!«, sagte Leni. Callisto weinte immer noch.

»Wer ist Leni?«, hörte ich Gabriels dunkle, fordernde Stimme.
»Ich liebe dich!«, sagte ich zu ihm.
»Was hast du ihm gegeben?«
»Nur das Nötigste, keine Sorge. Aber ich musste ihm mehr von dem ZIP[1] geben. Er träumt außergewöhnlich viel.«

---

[1] Medikament um Gedächtnis zu löschen

»Was meinst du damit, du Quacksalber? Willst du mir sagen, er erinnert sich?«

»Nein, das kann nicht sein, Don Gabriel. Er träumt sicher nur. Er hat immer noch Fieber. Es sind höchstens ein paar Erinnerungsfetzen, aber er wird sie niemals einordnen können. Das kommt immer mal wieder vor.«

Einmal hörte ich Mutters Stimme: »Hey, mein Kleiner, du bist so hübsch wie dein Vater. Und wie er willst du einfach nicht sterben. Komm zurück! Mit dir hab ich noch etwas ganz Besonderes vor. Versprochen!«

Dunkelheit. Dann sang meine Mutter und schließlich sagte sie:

»Mein armer, kleiner Luca! Es ist an der Zeit aufzuwachen. Ich warte auf dich.«

Dann sah ich Jurys Augen, sein Gesicht verzehrt: »Rette mich!«

Die Augen meiner Mutter tauchten auf: »Renn!«

In einer Sekunde war ich wach, wie mit Eiswasser übergossen. Ich saß aufrecht im Bett und atmete heftig.

Das war nicht mein Bett. Es war so sauber. Es war hier furchtbar hell. Ich konnte am Anfang gar nichts erkennen. Da war ein Fenster ohne

Gitter. Auf einem grünen Stuhl am Fenster saß Callisto, sie hatte die Füße angezogen und ihr Kopf lag auf ihren Knien.

»Callisto?«, rief ich. Sie reagierte nicht. Es musste gegen Mittag sein. Die Sonne stand hoch. Es war schönes Wetter und ein paar Schwalben flogen am Fensterdach auf und ab. Vorsichtig schob ich die weiße Bettdecke von mir und setzte die Füße auf den Boden. Der Boden war glatt und gelb und roch chemisch. Hier roch es überhaupt chemisch. So ganz scharf und es kitzelte in der Nase. Ich leckte mir über die Lippen und sie waren ganz aufgesprungen. Dann ging ich ein paar Schritte auf Callisto zu. Leider knickten meine Knie ein. Ich stolperte und konnte mich gerade noch an einem anderen Stuhl abfangen. Das Geschepper ließ Callisto ihre Augen aufmachen.

»Callisto?«, versuchte ich es nochmal.

»Christo? Christo!« Sie riss die blauen Augen auf, sprang vom Stuhl und lief mit offenen Armen auf mich zu. Beinahe fiel ich hinten über. Dann lag ich doch in ihren Armen. Sie weinte wie in meinem Traum:

»Oh Christo, ich dachte schon…«

»Ach, Callisto! Ich kann dich doch nicht allein lassen.«

Sie half mir auf den anderen Stuhl: »Übrigens! Wer ist Leni?!«

»Leni…? Das ist… das ist…«, da wurde die Tür aufgerissen. Ein Mädchen kam mit Essen.

Es machte große Augen: »Madre mia!«, sagte es, knallte das Tablett auf den kleinen Tisch und war wieder draußen.

»Ich habe Leni bei einem Ernteeinsatz kennengelernt.«

»Und du liebst sie?«

»Es ist kompliziert.«

»So kompliziert ist das gar nicht!«, behauptete Callisto. »Du hast zu Gabriel gesagt: "Leni, ich liebe dich!" Das war übrigens sehr lustig. Er hat getobt.«

»Ich mache mir hier wohl keine Freunde mehr«, stellte ich fest.

»Na, das ist ja das Seltsame. Irgendetwas stimmt nicht. Eigentlich kann es Gabriel ja egal sein, wo du abgeblieben bist. Aber, als abends beim Zusperren auffiel, dass du weg bist. Da ist Gabriel ausgetickt und er, Urs und Ramon haben dich überall gesucht. Ich verstehe das nicht.« Callisto zog ihre kleine Stirn in Falten.

»Na, ich bin halt sehr wichtig für die Welt«, schnitt ich auf, »und außerdem, vielleicht hatte er Angst, die Scheiße hier fällt auf.«

»Schon möglich! Hör mal Christo! Du musst doch mich lieben und nicht irgend so eine dahergelaufene Leni. Du holst mich doch hier raus! Du heiratest mich, oder?« Der Geruch der See und das Salz auf ihrer Hand, die mich hielt. Tränen traten in ihre blauen Augen.

»Du heiratest mich doch?« Sie drückte meine Hand ziemlich doll.

»Ich hole dich hier jedenfalls raus, ob mit Ring oder ohne. Und jetzt gib mir das Essen, was da auf dem Tisch steht, sonst verhungere ich doch noch.«

Als ich aß, kam Gabriel herein und Callisto zuckte zusammen. Er wedelte mit seiner Hand Richtung Tür und sie war fort. Wahrscheinlich war es so eine Art Zauber. Er wedelte mit seiner Hand und Menschen verschwanden. Musste ich auch mal ausprobieren.

Ich aß die Suppe und sie war sehr gut. Im Türrahmen standen Leute, ich glaube Urs war es und das Mädchen von vorhin. Sie redeten durcheinander und Gabriel schnaubte. Da wurde die Tür zugezogen. Eigentlich hatte er eine sehr schöne, dunkle Stimme. Sie ließ mir Schauer über den Rücken laufen, dies lag jedoch an der Angst, die ich vor ihrem Besitzer hatte.

»Ich sehe, es schmeckt dir!«

Ich sah auf!

Er zeigte einen Anflug von Erschrecken und ich schloss daraus, dass ich noch immer ziemlich ramponiert aussah.

»Du sollst wissen, dass ich das nicht wollte…« Er strich sich mit seiner Riesenpranke durch den geölten Bart. An seinem Daumen prangte ein Totenkopfring.

Ich sah ihn immer noch an.

»Also das, was Jury getan hat. Er hatte kein Recht... Du weißt schon...«

»Wo ist Jury, Onkel?«

»Ich habe ihn bestraft, denn wir leben in einer Gemeinschaft, die gibt und nimmt und solch ein Fehlverhalten kann ich nicht dulden.«

»Wo also ist er?«

»Eine Gegenfrage, mein Junge: Wer ist Leni?«

»Sie ist ein Mädchen, Onkel!«

Er lächelte. Er hätte mir mit den Geboten der Gemeinschaft kommen können und hätte mich wieder bestrafen können, aber er lächelte nur.

»Jury hat das am eigenen Leib erfahren, was er dir angetan hat.«

Ich löffelte die Suppe.

»Werde gesund und erfülle dein Training! Es wird sich bald einiges in deinem Leben ändern. Wir haben noch was vor!«

12. Party

Der Wind fraß an der Lagune und die Sandkörner nahm er mit und schleuderte sie uns gegen die Gesichter, als wolle er jedem einzelnen von uns den Krieg erklären.

Ich war wieder auf dem Damm und Ramons Stimme hinter mir war nur das Pfeifen in meinem Ohr. Er holte mich schon lange nicht mehr ein, war nur ein Schatten, wie wir alle hier.

Unten am Strand schäumte das Wasser. Es trieb wollene, preußischblaue Wellen und weiße Gicht vor sich her. Ich wollte mich darin suhlen, wollte die stinkenden Turnschuhe hineinschleudern und meine nackten Zehen in den nassen Sand graben. Vielleicht sollte ich es tun!

Ich war tot, war begraben gewesen. Wenn man schon einmal tot war, hatte man hier im Diesseits andere Rechte. Ich stellte mir vor, ich hätte meine Ängste dort in diesem Loch gelassen und sie kämen nicht mehr heraus. Ich war nun kein Junge mehr, sondern ein Mann.

Alle waren fort. Ich sah sie nicht. Ich hörte sie nicht. Weil ich auch Ramon nicht mehr schreien hörte, ließ ich meine Arme auf die Knie sinken und starrte auf das allgegenwärtige Wasser.

Das Wasser war zornig. Es tobte und brauste. Doch es machte mir keine Angst mehr.

Ich schrie es an, wie man ein hungriges Tier in Zaum hält. Es fauchte und ich schrie noch einmal.

Dann sah ich es... Ich hatte es nie bemerkt... Das Meer machte mir ein Geschenk.

Ich stolperte die Dünen hinab, zog die Turnschuhe aus und setzte mich so in den Sand, dass die Brandung mich nicht erreichte. Die Wellen wollten an meinen Zehen lecken, doch ich zog sie immer wieder zurück. Ich lächelte während ich eine durchzog.

In meinem Feuerzeug war kaum noch Gas. Auch wenn es nicht mehr ginge. Ich würde es niemals wegwerfen. Über mir tauchte Ramons Geschrei im Hintergrund auf: »Lauft Jungs, ihr könnt es schaffen! Die ersten fünf bekommen eine Extraration!«

»Natürlich, lüg weiter!«

Dann die wohlbekannten Worte: »Was uns nicht umbringt, das macht uns nur härter!«

Wie recht er doch hatte!

Langsam, im Schatten des Windes, kroch ich die Düne wieder hinauf und schloss das Feld von hinten auf.

Vor mir lief Peter. Er pumpte heftig und stemmte sich mühsam mit seinem schmächtigen Körper gegen den Sturm.

»Psst!«, machte ich, überholte ihn und ließ mich wieder zurückfallen.

»Ich hasse dich!«, keuchte er.

»Ich hasse dich auch!«, ich lachte. »Herzlichen Glückwunsch zum Geburtstag!«

»Danke! Dass du daran denkst?«

Hier in Eden hatte eigentlich niemand einen richtigen Geburtstag. Wir machten es so wie mit den Namen und suchten uns einfach einen aus. Peter hatte sich den 13. September ausgesucht, weil damals gutes Wetter war und es etwas nicht allzu Pampiges zu essen gab.

Damals hat er gesagt: »Heute soll mein Geburtstag sein, Christo!«

Und ich sagte: »Okay!«

Diesmal fiel Peters Geburtstag auf einen Freitag und der war stürmisch.

Wir rannten und rannten, liefen über die Dünen und Peter stolperte zum ersten Mal.

Angeschlagen raffte er sich auf, humpelte weiter. Unten lag das Camp und es war nur ein Katzensprung. Doch die Wolken bauschten sich darum, sie ließen die Häuser verschwimmen und das Licht einer Laterne an einem Stromkabel wippte gespenstisch auf und ab, als sende es Morsezeichen aus dem Jenseits.

Die Problematik mit der Lauferei: Entweder man konnte es oder man konnte es nicht.

Mein Freund konnte es nicht. Er war völlig im Arsch und rutschte schief die Düne hinunter, stützte die Ellbogen in den Sand und blieb liegen.

Ich hakte ihn ein: » Komm schon! Es ist nicht mehr weit!«

»Ach, Christo, lass gut sein!« Er taumelte ein bisschen, ließ sich aber mitziehen.

»Heute is doch dein Geburtstag und ich hab was organisiert.«

»Danke, Alter!«

Ramon joggte von hinten an uns heran und warf ein Auge auf unser Gespann.

»Hey?«, schrie er. »Was wird das, wenn s fertig ist?«

»Ich helfe ihm!«, gab ich zu. »Er ist mein Freund!«

»Im Ernstfall, Christo, steht jeder für sich!«

Ich fragte mich, was der Trainer meinte.

Endlich waren wir in Eden. Der Wind schien außerhalb des Häuserkreises stärker zu wehen und das Szenario gaukelte einem fast die Vorstellung von einem sicheren Ort vor.

Der dicke Urs schloss das Tor auf. Ich blickte auf den gespannten Stacheldraht, der sich darüber kräuselte. Urs hatte irgendetwas zu meckern. Ich glaube, es ging um unsere Verspätung. Doch die Worte wurden vom Sturm gefressen und Ramon warf nur einen kurzen Blick in Peters und meine Richtung. Die anderen Jungs zerstreuten sich und schlenderten Richtung Hauptgebäude.

Peter saß vornüber gesunken und japste. Ich hoffte, er würde hier nicht hinkotzen.

»Komm! Lass essen gehen!«

Von Peter kam ein Geräusch.

Ich riss ihn hoch: »Verdammt, jetzt mach hinne!«

Erschrocken stand er auf.

»Mensch, die gucken alle!«

Ich zerrte ihn Richtung Waschräume und es kribbelte verräterisch in meinem Nacken. Als ich mich umsah, erkannte ich tatsächlich Mutter selbst am Fenster. Ihr Blick haftete an uns wie ein böses Omen.

In der Küche arbeitete eine Alte, sie hieß Martha und hatte nur ein Auge. Es war irgendwie ungewöhnlich, dass sie da war. Denn eigentlich versorgten wir uns eher selbst und ältere Frauen gab es nicht.

Vielleicht war ihre Anwesenheit eine Art Strafe oder sie hatte sonst keinen Ort in der richtigen Welt. Genaugenommen hatte sie schon noch zwei Augen, aber das rechte war trüb und grau wie ein Regennachmittag und es guckte ins Nirgendwo. Als wir jünger waren, sind wir vor Martha abgehauen. Sie war schon gruselig. Doch als wir älter wurden, erkannten wir, dass nicht alles so ist, wie es scheint und Martha nicht böse war - jedenfalls nicht mehr als andere.

Callisto konnte ganz gut mit ihr.

Sie sagte einmal zu mir: »Die hat das zweite Gesicht.«

Da hab ich gemeint: »Das ist auch besser so, denn ihr erstes Gesicht, is nit so besonders schön!«

»Ach, Dummkopf! Das heißt, sie kann in die Zukunft sehen.«

»Interessant! Auch in die Vergangenheit?«

»Ich weiß nit.«

Ob sie das eine oder das andere konnte, hatte ich nicht herausgefunden bis jetzt. Doch für alles gab es eine Zeit.

Auf jeden Fall hatte sie Kuchen besorgt und in einem der Kühlräume würde von daher eine kleine Party steigen.

Nach dem Abendessen gab es immer so eine anderthalbe Stunde, in der wir noch zusammen ein bisschen in unserem sogenannten Aufenthaltsraum rumhingen. Der bestand vor allem zwei aus versifften Sofas, einem Tisch aus Paletten, einem Dartspiel und den Hausregeln an der Wand:

1. Unsere Mutter ist die höchste Instanz.

2. Den Onkeln ist stets Folge zu leisten.

3. Jeder einzelne muss seinen Beitrag zur Gemeinschaft leisten.

4. Niemand verlässt das Camp ohne Erlaubnis.

5. Brichst du die Regeln, wirst du bestraft.

Zwar konnte ich nicht lesen, doch jeder Neuling bekam diese Regeln so fest eingebläut, dass er sie nie wieder vergaß.

Während also alle anderen hier oder schon in ihren Betten waren, nickte ich Peter und Callisto zu und wir machten uns auf den Weg Richtung Küche, wo Martha hoffentlich auf uns warten würde.

Natürlich konnten wir das nicht zusammen tun, sondern wir schlichen uns einzeln über den Gang oder den Weg hinter dem Haus vorbei. Callisto tat, als wollte sie sich waschen oder so - was Mädchen ja tatsächlich ab und zu machten. Peter tat so, als ginge er pennen und ich wollte nur mal eine rauchen.

Ich ging ums Gebäude herum und sah zwei Vettern in einer Ecke, die tatsächlich qualmten.

Ich kannte sie nur vom Sehen. Ganz ehrlich - seit der Jury in diesem Loch gesessen hatte, in das er mich zuvor entsorgen wollte, war er nicht mehr derselbe. Jedenfalls schlurfte er herum wie ein Zombie und hat mich nie wieder angesehen. Doch ab und zu hatte ich seitdem das Gefühl, dass er irre wäre, denn ich hatte ihn beobachtet und er war völlig aus der Welt getreten.

Ich drückte mich an die gemauerte Außenwand und die beiden schauten nach dem Sturm, während ich in die offene Tür schlüpfte. Im Vorraum der Küche war alles verschlossen, vor allem die Kühlschränke. Alles sauber, alles Chrom und nur in der Ecke über der Tür brannte eine Notbeleuchtung. Ich schlich mich über den glatten Fliesenboden, der kalt an meinen Zehen saugte wie ein zugefrorener See. Vieles ist von oben nur verschwommen zu sehen wie durch eine dicke Eisfläche. Doch kann man darauf wirklich gehen? Eines Winters, als Peter und ich acht, Callisto schätzungsweise sechs Jahre alt waren, da sind wir ausgebüchst.

Eigentlich sollte das alleine schon durch unsere Barfüßigkeit verhindert werden. Doch ich wollte unbedingt den Winter sehen -

damals. Ich wollte ihn schmecken und die Sanddünen bestaunen, die zu Karst gefroren waren. Winzige Flocken waren überall, nicht die großen, die man eigentlich Schnee nennt - eher eine Invasion von kleinen Flusen, so ein Schneestaub.

Der Tag neigte sich. Lampen brannten in den Hütten und draußen war alles Licht grau.

»Komm!«, hatte ich zu Callisto gesagt und sie in ihrem dünnen Hemd an den noch dünneren Armen genommen.

»Heiratest du mich jetzt?«, hatte sie gefragt und ihre Ascheaugen leuchteten.

»Später! Lass uns das Meer sehen!«

Peter kam hinterher. Er war so weiß wie sein Hemd: »Wartet!«

»Komm du schneller!«, schrie ich. Aber Peter kannte das Wort nicht. Er war ja Russe und in Russland hatte es wohl keinen Ausdruck für schnell gegeben.

Damals kannte ich jedoch das Wort warten nicht. Ich sah nur einmal zu Peter, der unschlüssig seine graue Mütze über die Ohren zog und in einem viel zu langen Hemd seine Arme um sich selbst schlang. Callisto und ich rannten. Wenn man rennt ist der Schnee nicht so kalt. Es brennt nur ganz kurz an den nackten Sohlen. Als wir in den Dünen ankamen hatten wir rote Gesichter.

Meine Freundin sah lustig aus mit dem Reif in den wuscheligen Haaren. Wir duckten uns, als wäre das Meer ein Ungeheuer und wir müssten uns in Acht nehmen. Wir legten uns flach in den Sand und spähten auf die See. Allerdings bewegte sie sich nicht. Sie lag still.

Callisto schnupperte in der Luft wie ein kleines Tier, dann verließ sie ihre Deckung und ging weiter zum Strand.

»Halt, Callisto. Ich glaub es ist gefährlich.«

»Warum?« Sie streckte ihre kleinen schmutzigen Zehen nach dem Eis aus und berührte fast andächtig eine gefrorene Welle: »Es schläft, weißt du?«

Ich kam, betrachtete das Geschehen misstrauisch. Irgendwo in einem Winkel meines Gehirns witterte ich eine große Gefahr.

»Meinst du, wir können darauf laufen?«, sie drehte sich nach mir um.

»Nein, können wir nicht!«, protestierte ich.

Ich stand noch etwas weiter weg an einem trockenen Baum, der wie bleiche Knochenfinger mit seinen spitzen Ästen ins Nirgendwo zeigte.

Von dieser Stelle aus sah man eine dunkle Landzunge in der Ferne. Gerade zog Nebel an ihr vorbei.

»Da gehen wir hin, auf dem Kalten. Dann kannst du mich dort heiraten.«

Ich schrie und der Wind war sehr laut und pustete mir viele kleine Schneebrösel direkt in den Mund.

»Bleib stehn! Wenn du nicht stehn bleibst, hau ich dich!«

Callisto hörte nicht. Sie setzte ihre Zehen behutsam, aber schnell auf die eingefrorene Gicht und peilte zielstrebig die Landzunge in der Ferne an.

Ich rannte zum Eis und setzte ihr nach.

Leider verstand sie es als Spiel und ging nur noch schneller.

»Du kriegst mich nicht! Du kriegst mich nicht!« Der Winterwind spielte mit ihrem Lachen und es zersplitterte in der Luft.

Das Schneetreiben wurde dichter. Das Eis war so kalt. Ich bekam Angst fest zu frieren. Dann kam der Nebel und ich sah nur noch Schatten.

Auf einmal war Bewegung unter mir. War es ein Fisch? Womöglich einer von den ganz großen - ein Hai?

Wie weit war ich gegangen?

Unter mir rumpelte es. Ich sah schwarze Körper unter mir treiben. Sie waren riesig. Was gab es wohl noch in der Tiefe? Ich wollte es gar nicht wissen. Callisto sollte kommen. Ich wollte zurückgehen.

Plötzlich ein schriller Schrei: »Christo, Hilfe!«

»Wo bist du?«

»Ich weiß es nicht, unter mir knistert es.«

»Ich komme, Callisto!«

Ich bewegte mich in ihre Richtung: »Callisto, red mit mir!«

»Christo, bitte Hilfe! Es knistert so doll und meine Füße sind im Wasser.«

Sie war nicht weit weg. Überall war Nebel und Schnee und dennoch begann das Eis zu schmelzen und es gab ein Ächzen und ein Gerumpel.

»Christo?«, sie weinte. »Es wacht auf! Der Klabautermann will mich holen.«

»Nein, den gibt s nicht. Das sind nur die Haie, die klopfen an!«

Heulen und Krachen und ich legte mich ab. Ich fiel auf etwas Weiches, Bebendes.

»Haaaaa!«

»Christo, ich hab dich lieb!«

»Ich hab dich auch lieb! Ich hab dich auch lieb! Steh auf! Das Eis bricht.«

Sie legte ihre kleine, zitternde Hand in meine und ich wusste nicht, woher wir gekommen waren und sah mich verzweifelt um. Alles war neblig hier auf dem Wasser.

Ich machte einige Schritte: »Wir schaffen es!« Kein Ton.

»Bitte! Bitte! Wer immer mich hört, lass es nicht alles gewesen sein. Rette uns!«

Wie eine Motte unter der Lampe glomm etwas zu meiner Linken. Dann flog es aufgeregt herum.

»Schau die Feuermotte will uns helfen!« , meinte Callisto.

Ein Knacken und dann barst das Eis von unten nach oben.

»Renn!«, befahl ich meiner Freundin.

Und Callisto rannte. Ich zog sie hinter mir her, sprang über die zerbrochenen Schollen.

Es half alles nichts. Die Motte flatterte aufgeregt und kam näher. Die Haie klopften von unten und Peng war der Boden weg. Dann kam Kälte - richtige Kälte. Die, die den Tod verspricht. Strampeln, Schreien, Untergehen. Callistos Stimme weg, oben schwammen durchsichtige Brocken. Die Motte war über uns. Ich hatte Callisto an der Hand. Ich würde sie nie wieder loslassen. Mit der anderen schnappte ich nach allem, was ich greifen konnte, doch das Eis flutschte weg.

»Feuermotte, hilf uns!« Da stand das Licht still und die Motte, sie half mir nicht, sie stach mich. Das war gut, denn ich war müde und irgendwie griff ich nach dem spitzen Ding. Ich schloss meine Hände ein letztes Mal.

»Warum?«, sagte die Feuermotte. Sie hatte einen Ast als Arm und ich hielt ihn fest. Die Feuermotte sagte „Blödmann" zu mir. Sie hatte Peters Gesicht.

»Warum?«

»Wegen den Haien!«

Ich stand stocksteif in der dunklen Küche, etwas schepperte und hinten rechts öffnete sich eine massive Stahltür. Ich konnte mich nicht bewegen. Meine Knie zitterten. Das kam wohl noch von der Haigeschichte.

»Hey?«, hörte ich eine rauchige Frauenstimme. Es war Martha.

Ich ging auf sie zu.

»Wo bleibst du denn, Bürschchen?«, fragte sie.

Normalerweise hätte ich ihr einmal erzählt, wie sie mich zu nennen hat, denn ich war mittlerweile ja ein Mann. Von wegen Bürschchen! Doch was sollte es? Sie war alt, ihre schwarzen Haare von grauen Strähnen durchzogen und mit ihrem dritten Auge, konnte sie mir mal gestohlen bleiben.

Ich war bei ihr angekommen.

»Weißt du, was ich für dich riskiere und für deinesgleichen?«

Ich zuckte nur die Schultern: »Musste ja nicht.«

»Was ich muss und was nicht, das kannst du noch nicht verstehen.«

Sie sah mir mit ihrem normalen Auge vor den Kopf. Das andere jedoch schien tief in mich hinein zu blicken. Plötzlich zuckte sie und ihre Mundwinkel verrieten Schmerz.

»Dann komm einmal mit!«

Auf dem Boden war eine Decke ausgebreitet, darauf drei Teller und Becher, eine Flasche und in der Mitte eine Platte mit zermatschtem Kuchen. Daneben eine einzelne Kerze.

»Wenn ihr erwischt werdet, das habt ihr nicht von mir. Ich werde sagen, ihr habt mir den Schlüssel abgezogen.«

Ich nickte.

Da hörte ich Schritte. Vorsichtig spähte ich durch den Spalt. Ein kleiner Schatten bewegte sich auf uns zu: Callisto. Martha entzündete ein Streichholz. Sofort breitete sich ein scharfer Geruch aus. Sie entzündete die Kerze und drückte mir etwas Kleines, Flaches in die Hand. Sie hielt mich unnötig lang fest, so dass ihre wollene, zerfledderte Weste mich streifte und ich sie schließlich ansah.

»Es ist nicht alles wie es scheint!«

Sie wandte sich Callisto zu: »Hallo!«

»Das ist schön!«, meinte sie und ging zu dem Essen. Der Kuchen hatte sogar Sahne und sie tauchte den Finger hinein: »Hm lecker! Komm schnell Christo! Lecker!«

Ich trat neben sie und verstaute die Zündhölzer in meiner Hosentasche.

»Eine Hand wäscht die andere!«, bemerkte Martha.

Ich nickte und damit war sie verschwunden.

Peter stand plötzlich in der Tür. Sein Körper war weiß, seine Haare hell und er hob sich insgesamt von der Dunkelheit ab, die uns umgab.

»Was ist denn hier los?«

»Dein Geburtstag ist los, mein Alter! Herzlichen Glückwunsch!«

Callisto umarmte ihn und zog ihn hinunter, sich zu setzen. Wir schmausten wie die Könige und unsere Bäuche waren voll von Mehl, Zucker und Milch. Dann wurde es langsam Zeit zu gehen.

Callisto schlüpfte als erstes hinaus, danach kam ich und als letztes sollte Peter kommen.

Als ich halb den Gang entlang geschlichen war, wurde es plötzlich taghell und ich drückte mich instinktiv an eine Tür in einer Aussparung in der Wand. Ich drückte die Klinke - nichts.

Mir blieb beinahe das Herz stehen, als ich erkannte, wer da vor mir Richtung Küche ging. Es war Mutter selbst in Begleitung von Urs und einer Frau mit hochhackigen Schuhen.

»Nein, nein, nein!«, dachte ich. »Das darf nicht sein!«

Sie würde ihn entdecken. Mutter öffnete die Küchentür und schickte Urs und die Frau in den Raum. Zunächst blieb alles ruhig. Dann entdeckte ich mit einem Mal wie Jury grinsend und speichelleckend wie eine Hyäne um die Ecke bog und in der Küche verschwand.

Ein Schrei, es war Peter. Sie sollten ihn nicht schlagen, er war mein Freund. Er war nicht so stark, er konnte es nicht schaffen. Ich verließ meine Deckung und tappte wie an unsichtbaren Fäden gezogen über den Flur. Ich hatte einen Entschluss gefasst. Schon stand ich an der Tür und grelles Licht ergoss sich über mich.

Peter lag auf dem Boden. Er war rot im Gesicht. Urs stand über ihm.

»Ich war s!«, hörte ich die Worte aus meinem Mund.

Jury begann zu kichern und Mutter schaute ihn an. Sie kam mit ihrer einschüchternden Haltung auf mich zu. Aber ich würde standhaft bleiben.

»So, so!«, sagte Mutter also. »Und was warst du genau?«

»Entschuldige Mutter, ich habe den Kuchen gestohlen und Peter überredet mit mir zu feiern.«

Ich sah nach unten. Sie fasste mein Kinn mit ihren langen, spitzen Nägeln wie einen Schraubstock. »Und zu welchem Anlass?« Sie hatte eine dicke Zigarre und pustete mir den Rauch ins Gesicht.

»Z…z…zu seinem Geburtstag!«, stotterte ich.

Peter sah mich flehend an und schüttelte den Kopf.

Mutter stutzte. In ihren kleinen Augen glitzerte Wut. »Samantha, stell dir vor. Der junge Mann hat eine Geburtstagsfeier organisiert.« Samantha kam hinzu, sagte aber nichts. Ihre Züge ebenmäßig, ihre Haare perfekt frisiert, ihr Blick: Bedauern.

Mutter ließ mein Kinn los und schrie mich an: »Gebe ich euch nicht alles, was ihr braucht? Sorge ich mich nicht um jedes einzelne von euch Kindern? Tue ich das etwa nicht?«

»Doch, Mutter! Das tust du! Bitte lass Peter gehen. Nur ich war es gewesen, der ihn angestiftet hat.«

»Habe ich nicht deinen Respekt und deinen Gehorsam verdient?«

Ich stand vor ihr: »Doch, das hast du!« Samanthas Blick traf meinen. Ich sah Angst.

Nun sagte Mutter etwas Ungewöhnliches: »Du bist wie dein Vater. Genau wie dein Vater!«

Sie drehte sich zur Tür und Urs legte seine Pranke auf meine Schulter.

»Wie war er denn mein Vater?«, fragte ich leise. Die Worte schallerten in dem leeren Raum und die Frage stand in der Luft.

»War er mutig?«

Mutter drehte sich unendlich langsam herum und nahm noch einen Zug: »Er war dumm!«

13. Exempel

Sie hatte eine Strafe gewählt, die ich fürchtete. Sie hatten uns unter dem Scheunentor aufgehängt, in dem sie uns unsere Handgelenke in Fesseln legten und uns an Ketten hochzogen. Wir hingen da wie traurige Trophäen, zur Abschreckung ausgestellt. Ich bekam kaum Luft, weil meine Schultern und Handgelenke so wehtaten. Gott sei Dank hatten sie die Ketten etwas mit Lappen gepolstert, denn auch so war das Eisen scharfkantig und der Schmerz bohrte sich in meine Knochen. Mutter allerdings hatte beschlossen noch einen drauf zu setzen. Sie ließ alle aus den Betten holen. Alle starrten uns an, wie wir in der Short am Deckenbogen baumelten.

»Meine lieben Kinder, heute ist mein Mutterherz traurig, denn diese meine Söhne haben einen Frevel begangen und sich über die Gesetze von Eden hinweggesetzt. Sie haben unserer aller Nahrung gestohlen und sich so der natürlichen Ordnung entzogen. Lasst uns daher ein Exempel statuieren, auf dass ihr Innerstes gereinigt werden möge. Seht nur her, sie sollen als Beispiel dienen, alle zu lehren an ihrem vorgeschriebenen Platz zu bleiben und ihre Aufgabe hier zu erfüllen.«

»Lasst uns beten, meine Kinder!«, forderte uns Samantha auf und die Kinder, Martha und Callisto, alle rissen die Augen auf und zitierten die Worte wie ein Mantra. »Liebe gütige Mutter, siehe diese Sünder leiden unter ihrer Schuld. So erfülle ihren Körper mit Schmerz und ihr Herz mit Reue. Ehrwürdige Mutter, du liebst all deine Kinder, lass auch jene den Pfad zurück in deinen Schoß finden. So sei es!«

Manche riefen es inbrünstig, manche flüsterten, manche wollten nur ins Bett und spuckten aus, weil wir so blöd gewesen waren, uns erwischen lassen hatten. So schnell dieser Auflauf entstanden war, war er auch wieder verschwunden. Die Kinder wurden in das alte Schlachthaus gescheucht und da unten spielten zwei Vettern in der Scheune Karten. Der Wind wimmerte. Oder war es Peter?

Die Schmerzen waren heftig und ich fror erbärmlich, ich sah zum vollen Mond, sah die Sterne und betete ein eigenes Gebet, ein Gebet um Schlaf und Hoffnung. Derjenige, der alle Gebete hört, tat mir den Gefallen und ließ mich wegdämmern.

»Luca, mein Mäuschen. Pass doch mal auf! Du hast dir das Knie aufgeschürft.«

»Es ist nicht schlimm, Mama, du musst nicht weinen. Ich kann das Aua wegpusten!«

»Ich weine nicht wegen dem Knie!«

»Warum weinst du?« Sie ging weiter.

»Wo gehen wir hin?«

»Wir gehen in die Kirche!« Sie zog ihren Schleier vors Gesicht.

»Wo ist denn der Papa!« Sie schluchzte und kniete sich neben mich.

»Dein Papa ist nicht mehr bei uns. Er ist bei Gott.«

»Warum?«

»Weil er tot ist, Luca! Er ist nun bei Gott.«

»Gehen wir da auch hin?«

»Wir ja, aber für die Bösen, da gibt es einen anderen Ort.«

Ein Blitz durchzuckte mich und ich war wach. Ich wollte meine Finger spüren und versuchte sie zu bewegen, doch sie waren wie Eis.

Außerdem verursachte diese Bewegung einen heißen Stich in beiden Armen, so dass ich aufstöhnte.

Peter hing neben mir wie ein nasser Lappen, er war ein Schatten seiner selbst und sah eigentlich schon ziemlich tot aus. Als ich aber aufstöhnte, da machte er die Augen auf.

»Peter?«

Er gab ein Schnauben von sich.

»Es tut mir leid!«, presste ich mit aufgesprungenen Lippen hervor.

Ich hörte ihn weinen. Aber er hatte den Kopf weggedreht.

»Das Ding ist«, sagte er, »dir tut immer alles nur leid. Halt einfach die Fresse! Warum kannst du dich nicht einmal an die Regeln halten?«

»Weil ich die Regeln scheiße finde.«

»Für dich ist immer alles so einfach: Schwarz- weiß. Ich habe Träume, dass ich sterben werde...« Er schluchzte: »Weißt du was das Schlimmste ist?«

»Nein!«, gab ich zu. »Was?«

»Manchmal freue ich mich drauf...«

Der Wind wehte noch stark und machte Geräusche zwischen den schwarzen Holzbrettern. Ich konnte das, was Peter dann sagte nicht verstehen.

»Red nicht so dummes Zeug! Sie lassen uns bald runter und wir machen einen Plan und ich nehm dich mit!«

»Du weißt, du kannst mich nicht mitnehmen... ich bin lahm. Ich bin kein Kämpfer! Ich halte dich nur auf.«

»Du bist nur mit den Füßen lahm, aber dein Kopf ist pfeilschnell. Du hast mich und Callisto damals am Meer gerettet. Du bist ein Held und du sollst wissen, dass ich mich revanchiere, ob du das nun willst oder nicht.«

Stille!

Als ich das nächste Mal wach wurde, sah ich die Sonne über den Dünen aufgehen. Da hinten war das Meer und es spielte sich ein Farbspektakel in rot, gelb und orange ab, als die Sonne über dem Strand erschien. Peter gab keinen Mucks mehr von sich.

Ich hörte die Schritte schwerer Stiefel unter mir.

»Hey!«, rief Urs hoch. »Wie geht s denn so da oben?«

»Lauschig!«

»Das ist mein guter Freund, Solomon. Wir haben eine kleine Wette am Laufen. Machen wir einen Deal?«

»Jeden, den du willst!«, hörte ich mich sagen.

»Na, dann!« Kettengerassel, ich war auf der Erde.

Urs nahm mir die Fesseln ab und hielt mir eine Flasche an den Hals. Ich trank und es war herrlich.

»Du machst immer nur Ärger, Kleiner. Hab ich dir das schon mal gesagt?«

»Ja.«

Solomon lachte. Er schien aus der Rockerszene, hatte lange, schwarze Haare, die hinten zusammengebunden waren und einen Schlapphut. Außerdem schmückten unzählige Tattoos seine Arme. Eines an seinem linken Arm, war eine auffällig bunte Schlange, die sich um seine Muskeln wandte.

Ich rieb mir die Handgelenke und nahm noch einen Schluck Wasser.

»Mach ihn los, Urs. Ich bitte dich!« Ich sah nach Peter, der sich nicht bewegte und Urs merkte, dass es mir ernst war.

»Darum geht es, mein Freund. Ich liebe ein kleines Spiel und ich und Solomon wollen spielen. Der Einsatz ist er.«

»Das ist nicht dein Ernst?«

Solomon lachte wieder und zündete eine Zigarette an. Er steckte sie in meinen Mund.

»Du bist ein guter Läufer, hat mir Ramon erzählt und du kannst es nun beweisen. Du musst nur laufen und kommst du ans Ziel, ist dein Freund frei und ich spendiere ein Essen.«

Ich zog an der Kippe und Urs warf mir meine Klamotten an den Kopf.

»Wo sind die Schuhe?«

»Ach ja, ich habe dir noch nicht gesagt, es gibt gewissermaßen erschwerte Bedingungen.«

Urs nahm mich am Arm und führte mich aus dem Camp. Hinter einer Kiefer parkte ein Van. Er war schwarz und in seinem Kofferraum bewegte sich etwas. Solomon machte ihn auf und ich erkannte drei Hunde mit spitzen Lauschern, die aussahen wie Hörner. Die schwarzen Viecher wirkten wie direkt aus der Hölle. Urs und Solomon sahen meinen Gesichtsausdruck und fingen sofort an zu lachen. Die Hunde bleckten ihr Gebiss und bellten ohrenbetäubend.

»Lauf eure normale Strecke. An der Biegung, an der großen Tanne ist das Ziel. Ich drück dir die Daumen!«

»Was sagt Mutter dazu?«

»Mütter müssen nicht alles wissen. Ich geb dir fünf Minuten, dann lass ich sie los.«

14. Renn!

Ich lief also den normalen Rundweg, bog nach der Böschung und dem Pinienwäldchen direkt Richtung Strand ab. Am Anfang war es schwer gewesen, doch dann pochte mein Herzschlag in meinen Ohren den Rhythmus meiner Füße, so wie ich es mochte.

Ich hatte eigentlich keine reelle Chance. Ich wusste nicht viel über das Leben, aber dass hungrige Hunde schneller liefen als Menschen, das wusste ich wohl. Ich sah noch ihre geifernden Mäuler und ihre roten Augen vor mir. Als ich sie hörte, war ich hoch über dem Meer. Unter mir wuchtete die Gicht riesige Schaumberge an die Küste.

Das Feuer des Sonnenaufgangs war verloschen und einem eher diesigen Tagesanbruch gewichen. Graue Wolkenbänke verharrten über der See. Einen Moment ließ ich die geschundenen Schultern sinken und atmete nur aus. Der Schwindel in meinem Kopf legte sich.

Was wenn ich etwas höher kletterte und die Hunde meine Spur auf den Felsen verlören? Das schien mir eine gute Idee. Nur wusste ich nicht, was sie mit meinem Freund machen würden, wenn ich nicht wiederkäme.

Und ich war Peter verpflichtet. Ich schuldete ihm ein Leben.

Das Gebell wurde lauter und ich entschloss mich für die Felsen. Der Stein war so schwarz, schroff und bröckelig wie Mutters Seele. Er eignete sich nicht eben gut zum Klettern. Meine Fingernägel brachen, meine Zehen rutschten ab und ich konnte mich nur mit einem beherzten Griff nach einem Ginster retten.

Dann hatte ich einen höheren Felsvorsprung erreicht. Ich kauerte darauf und schaute in die Tiefe.

Da dämmerte mir, dass dies auch keine gute Idee gewesen sein könnte. Das schrille Bellen der Hunde wurde zum Heulen. Sie waren auf der Jagd und hatten den Felsen wohl schon erreicht. Das Kratzen ihrer langen Krallen auf dem Stein, machte mir Bauchweh.

Ich sollte mich bewegen, sollte gehen.

»Renn!«, kam mir meine Mutter in den Sinn.

Und ich sprang auf und rannte. Die spitzen, scharfen Kanten schnitten mir in die Fußsohlen. Die Steine waren nass und ich fiel auf die Knie. Ich rappelte mich hoch und wusste nicht, wohin ich mich wenden sollte. Ich konnte nicht mehr viel höher klettern und hatte die Spitze des Felsens fast umrundet. Mit einem Mal sah ich auf der anderen Seite einen Nadelwald, der schütter in nördlicher Richtung einen anderen Felsen bewuchs. Es sah aus, als ob es eine Art „Brücke" dorthin gäbe. Um zu ihr zu gelangen, musste ich ein schwarzes Plateau überwinden. Auf ihm gab es tiefe Rillen, die mit Regenwasser gefüllt und tückisch waren. Nur noch das Sausen meines Blutes war in meinem Kopf. Kein Hundegebell war mehr zu hören. Ein Greifvogel stieg auf, doch auch das geschah lautlos. Stille! Es war eine abscheuliche Stille.

Meine Mutter: »Renn!«

Ich rannte nicht, ich flog wie der Greifvogel über mir. Das Adrenalin pumpte durch meinen Körper.
Was würden sie mit Peter machen, wenn ich nicht wiederkam? Würden sie ihn töten? Wahrscheinlich! Und wenn ich wiederkam, würden sie mich dann töten? Wahrscheinlich auch.

Ich sprang auf einen etwa zwei Meter breiten Vorsprung, der mit feuchtem Gras überwuchert war.

Er führte etwa dreißig Meter in Richtung des Übergangs. Leider konnte ich erst jetzt erkennen, dass es keine vollendete Brücke war.

Es fehlte ein etwa dreieinhalb Meter großes Stück, dazwischen ging es mordsmäßig hinunter. Ganz unten Nebel. Dann wurde die Stille zerschnitten und ich tat etwas sehr Dummes: Ich drehte mich um.

Das was ich da sah, ließ mir das Blut stocken. Die drei Hunde standen nicht weit von meiner Position oberhalb des Vorsprungs. Sie machten kein Geräusch. Ihre spitzen Ohren ragten wie Hörner in den grauen Morgenhimmel und sie warteten. Auf was?

Ich wusste es nicht. Ihre Zähne konnte ich nicht sehen. Doch ich wusste sie waren da. Dann sprang der Erste und Größte von ihnen auf den Grasweg. Ich konnte nicht viel im Leben, aber rennen konnte ich. Ich hatte es immer gekonnt. Diesmal würde es mein letztes Rennen und ich gab mir Mühe. Ich konnte nicht denken, dafür war ich zu schnell. Ich hatte die Zeit nicht. Ich hatte Angst vor den Zähnen. Ich sah die Felsbrücke unter mir, sprang darauf. Steinchen spritzten links und rechts und rieselten in die Tiefe. Dann war da ein Jaulen. Die beiden anderen Hunde feuerten ihren Anführer an.

Das Geheul erfüllte das Tal.

Der Abgrund war nah. Würden Urs und Solomon sich die Mühe machen meine Leiche zu bergen? Und wie hatte Urs wohl gewettet? Eher wohl gegen mich.

Ich sprang. Im Springen merkte ich, dass es ich es nicht schaffen konnte. Die Tiefe des Tals zog unter mir vorbei. Instinktiv riss ich die Hände nach vorne und meine Füße berührten den Boden. Leider war ich nicht nur zu kurz gesprungen, es gab auch einen Aufprall, der mich wegrutschen ließ. Ich griff nach allem was ich zu greifen bekam. Aber alle Steine waren lose und ich rutschte mit ihnen den Hang hinunter.

Plötzlich war da nichts mehr. Alles rutschte und mit mir, unter mir das Bodenlose. Der Hund winselte.

Dunkelheit!

15. Motti

Im Himmel war es eigentlich schön warm, ich wunderte mich. Und mein Papa war da.

»Hallo, Papa!«

»Hallo, Luca! Was ist denn passiert? Hast du dir dein Knie aufgeschürft?«

Er hatte bernsteinfarbene Augen ein unrasiertes Kinn und braune, längere Haare. Er lächelte mich liebevoll an: »Es tut mir leid, was passiert ist, Luca. Finde deine Mutter! Sie wartet auf dich. Du kannst es schaffen, mein Sohn. Ich bin immer bei dir!«

Schließlich verblasste das Bild. »Ich kann sie nicht finden. Ich bin doch tot!«

»Noch nicht!«

Ich hatte die Stimme meines Vaters lange nicht gehört. Ich wollte bei ihm bleiben.

»Bitte bleib!«

Ich machte, die Augen auf, es war duster und roch nach Feuer. Ich zuckte zusammen. Über mir war Fell. War der Hund auf mich gefallen?

Etwas bewegte sich neben mir. Ich versuchte nach hinten auszuweichen.

»Hey!«, sagte eine Stimme: »Du bist ja wieder da!«

Ich konnte nicht sprechen, aber ich wollte es unbedingt. Neben mir das musste ein Affe oder so sein. Alles an ihm war schwarz und er hatte wuscheliges Fell und weiße, große Augen, die mich anstarrten.

Ich bekam Angst und verkrampfte mich. Der Affe fasste mich an.

»Willst du was trinken?« Ich nickte. Er gab mir heißes, salziges Wasser aus einem Holzgefäß.

»Du musst keine Angst haben! Ich habe dich gefunden, bei den Klippen. Der Hund ist tot. Man kann sie essen, wenn man will, schmecken aber scheiße! Ich bin übrigens Motti.«

Ich spürte wieder einen Druck an meiner Schulter. Ich starrte ihn an. Ich war diesem Menschenaffen oder was es war ausgeliefert, denn fest stand, ich konnte mich nicht rühren. Er führte das Gefäß nochmals zu meinen Lippen und ich schlürfte mühsam.

»Ich dachte, du wärst auch tot, aber du bist nicht so tief gefallen wie der Köter. Dieses Scheißspiel spielen sie ab und zu, die von der Ranch, aber nicht oft. Die sind gefährlich, die Spinner. Du siehst aus wie durch den Fleischwolf gedreht. Haste was Besonderes verbrochen?«

Ich zuckte, soweit es ging, die Schulter und schielte nach der Schale mit der Brühe.

»Schmeckt meine Suppe! Oder?« Das konnte ich nun nicht eben sagen. Aber da mir nun eh nicht zum Reden war, schwieg ich und schlürfte noch ein wenig.

»Ruh dich aus, mein Freund!«, sagte Motti und schon dämmerte ich weg.

In einem wirren Traum baumelte ein aufgehängtes Skelett in der Scheune. Allerdings wusste ich, dass es Peter war. Er rief meinen Namen: »Christo! Christo, warum hast du mich vergessen?«

»Ich hab dich nicht vergessen. Ich hab dich nicht vergessen.«

»Ich bin nun tot und du musst ewig an mich denken! Versprich es mir! Versprich es mir, bitte!«

» Es tut mir leid! Es tut mir leid!«

» Finde deine Mutter, Luca! Ich bin bei dir!«

Wo war ich?

Die Augen aufzuhalten war selten so anstrengend gewesen. Licht schien in die Höhle oder was es auch immer war.

Auf meinem Kopf lag etwas Kühles. Ich fühlte, dass es Moos war.

»Hallo!« Da war er wieder, der angemalte graue Junge.

»Ha-llo!« Meine Lippen waren so aufgesprungen. Ich leckte darüber. Motti gab mir zu trinken.

»Ich muss dir sagen, dass du Fieber hast! Ich denke aber, dass du es schaffen wirst. Wenn nicht - soll ich jemand etwas ausrichten?«, er machte eine Pause. »Also ich meine, wenn nicht…«

»Wenn nicht?«

»Na Alter, wenn du ins Gras beißt... Vor die Hunde gehst... die Flatter machst... Du weißt schon.«

Er sah mich mit seinem grauen Gesicht an, seine Augen waren dunkle Flecken: »Ach is ne blöde Frage. Du kommst ja aus dem Camp...«

»Le-ni!«

»Du hast also jemand?« Ich nickte.

»Respekt! Wie heißt du?«

»Christo.«

»Ist das dein Name aus Mutterland?«

Ich zuckte die Achseln.

»Na, das schreckliche Camp. Ich nenne es so: Mutterland, weil Mutter dort regiert.«

Ich nickte: »Wieso so grau?«, brachte ich hervor.

»Wegen der Felsen. Ich tarne mich. Die Aborigines machen das auch so. Ich will nit, dass die Onkel mich finden. Sie denken ich bin tot.«

»Bist du Aborigine?«, wollte ich wissen.

»Ich glaube nicht. Ich bin eigentlich eher schwarz.«

»Wieso?«

»Ich weiß es nicht! Ich komme doch auch von der Ranch. Es ist eine lange Geschichte.«

16. Rückkehr

Ein paar Tage später war ich schon wieder fast der Alte. Motti lebte in einer Höhle am Abhang. Meine Schürfwunden heilten und juckten wie irre. Doch es gab eine Wunde, die konnte nicht so schnell heilen.

»Ich muss zurück und meinen Kumpel retten.«

Ich streckte den Kopf aus dem Eingang und kniff die Augen zusammen. Die Höhle hatte nur ein schmales Sims aus bröckelndem Stein, unter uns war das Nichts. Über dem Nichts war Nebel. Und im Nichts war der Hund mit seinen geifernden Zähnen und seinem Blutdurst.

»Willst du Kaninchen?«

»Nichts wie her damit!« Motti war ein guter Koch, so gut es hier draußen ging.

Ich schlug mir den Bauch so voll von diesem porösen Fleisch, dass ich mich hinlegen musste. Ich bohrte mit einem Knochensplitter in den Zähnen.

»Erzähl!«, sagte ich zu Motti.

»Bitte bleib! Ich will nicht, dass du gehst. Du weißt doch, dass es die Hölle ist.«

»Erzähl mir was anderes!«

Mein Freund seufzte: »Als sie mich damals jagten hatten sie Motorräder und Pistolen.«

Sein Blick wanderte zu den Schatten an der Wand. Mir war es fast, als könnte ich die Szene dort im Feuerschein sehen.

Sie verfolgten mich kreuz und quer. In meiner Angst kletterte ich auf einen Baum, der über den Hang ragte. Es gab keinen Ausweg: »Ares, Urs und Gabriel waren besoffen. Sie hatten mich so weit getrieben wie ein Stück Vieh. Einen Jungen haben sie geschnappt und geschlagen. Ich hing also zitternd an dem Baum und Ares schoss eine Leuchtpistole ab. „Komm runter!“, hat er geschrien. „Das Spiel ist vorbei. Du hast verloren.“ Sag ich: „Nein!“

„Wie nein? Komm runter sonst knall ich dich ab!“ Und er schießt, schießt knapp an mir vorbei. Und ich denke: „Scheiß drauf!“ und lass mich fallen.«

Motti hatte so eine Art Kräuterzigaretten und sie waren besser als nix. Wir rauchten.

»Du bist ne coole Sau! Dachtest du nicht, du würdest sterben?«

»Doch!«

Nach einer Zeitlang sagte er: »Mal im Ernst. Wer kann so wichtig sein, dass du für ihn in die Hölle zurückgehst?«

»Mein bester Freund. Ich verdanke ihm mein Leben.«

Motti zog kurz eine Schnute: »Verstehe!«

»Ich werde in der Nacht gehen.«

»Ich werde dich ein Stück begleiten. Ich gehe aber nicht mehr mit zurück an diesen grauenvollen Ort. Das musst du schon alleine tun.«

»Geht klar! Weißt du was?« Da war eine Frage, die mich die ganze Zeit beschäftigte.

»Schieß los!«, brummte Motti.

»Ich find s komisch, dass ich dich nie in Eden gesehn hab. Wie kommt das?«

»Weißt du, ich find s traurig, dass du gehen willst«, meinte Motti nur. »Ich bin schon ziemlich allein hier.« Er zog die Nase hoch. »Ich hatte mal eine Ratte, die war genauso grau wie ich. Sie war ganz nett für eine Ratte. Aber es war nicht dasselbe.«

Der war schon ein komischer Kauz. Aber wer wusste, was sie in Eden oder „Mutterland“, wie er es nannte, mit ihm gemacht hatten?

Ich jedenfalls würde Peter retten. Ich würde mich an der einen Stelle, wo der Schleichpfad in Ginster und trockenem Gras endete, dort wo im losen Sand eine Kuhle entstanden war und wir uns als Kinder durchgezwängt hatten, um das Meer zu sehen, ins Camp schleichen. Dann, wenn alle schliefen.

Die großen Laternen beschienen nur einen beschränkten Kreis und die Wachen konnten um diese Zeit vor lauter Schnaps auch nicht mehr geradeaus gucken.

Ich würde Peter in der Scheune finden und die Ketten lösen. Was aber, wenn Peter nicht laufen könnte? Sollte ich ein Auto klauen? Aber ich konnte nicht fahren. Außerdem konnte ich Callisto nicht dort lassen. Sie war wie eine kleine Schwester und sie verließ sich auf mich.

Ich drehte mich noch einmal um und machte die Augen zu. Immer hatte ich Alpträume.

In meinem Traum stürzte ich in ein bodenloses Loch, dann fiel ich durch Wolken und plötzlich erkannte ich, dass ich fliegen konnte. Also flog ich weite Bögen an den Felswänden entlang. So kam ich langsam immer tiefer. Ich erkannte Mottis Höhle, als ich noch etwas tiefer flog, war da ein Felsbrocken auf saftigem Gras, auf ihnen lag ein Fell. Neugierig wollte ich etwas näher heran und aus unerfindlichen Gründen hatte ich den Drang das Fell zu berühren. Ich streckte meine Hand nach ihm aus, sie zitterte.

Das Fell hatte Risse, aus ihnen quoll Blut. Es war dick wie Honig. Da tat es einen Donnerschlag und ich stand im Zwielicht. Das Fell zuckte und ich wich zurück. In ihm war schauriges Leben.

Der Hund war kaum mehr ein Hund. Seine Glieder waren zerschmettert. Aus zwei Rissen an den Beinen ragten Knochen und man konnte die Sehnen darunter sehen. Er drehte sich zu mir und begann kehlig zu knurren. Sein linkes Ohr war abgerissen und sein Hals verrenkt. Sein Augapfel baumelte auf seiner Schnauze. Dennoch knurrte er und kam auf mich zu. Ich floh rückwärts so weit es ging. Ich konnte im Zwielicht nicht mehr fliegen.

Der Fang des Hundes war nur noch eine Armlänge entfernt und ich drückte mich an den Felsen.

»Dachtest du, du könntest mir entkommen, Junge?«

»N…n…nein, das dachte ich nicht«, stotterte ich.

»Ich bin der Gevatter Tod selbst.«

»Es tut mir leid! Es tut mir leid, dass du herunter gefallen bist.«

»Ich verzeihe dir! Es gibt nur eine Sache die ich nicht vergeben kann…«

Ich starrte auf das baumelnde Auge, bei dem sich zu allem Überfluss die Pupille bewegte.

»…. Wer bist du? Ich finde dich nicht auf meiner Liste.«

»Ich weiß es nicht«, jammerte ich, »ich habe keinen Namen, ich habe kein Geburtsdatum… Ich lebe eigentlich gar nicht.«

Der Hund setzte zum Sprung an und ich machte mich bereit seine Zähne zu empfangen.

Er stockte vor meinem Gesicht. Er roch nach Tod und Verwesung. Dann öffnete er sein Maul und schrie. Es war ein unglaublicher Schrei, schrill und laut. Er sprengte das Zwielicht und abertausende Fliegen schwirrten um mich her und folgten dem Ton.

»Es ist Zeit!«, sagte Motti und fasste mich an der Schulter an. Er zeigte mir, dass die Höhle einen zweiten Ausgang im Tannenwäldchen hatte. Ich war froh, dass ich nicht den rutschigen Hang hochklettern musste unter dem im Nebel der gruselige Hund lag.

Ich dachte an den Traum und daran, dass ich einen kurzen Moment das Gefühl gehabt hatte, ich sei mit dem Hund nicht alleine im Zwielicht - es sei noch jemand da.

»Meinst du, die anderen Hunde sind noch hier in der Nähe.«

»Ich denke eher sie haben sie mitgenommen, wie bei mir damals«, antwortete Motti. »Nur mich haben sie damals nicht mitgenommen.«

Ich klopfte ihm im Gehen auf die Schulter: »Motti, warum gehst du nicht einfach wieder zurück zu deiner Familie? Gibt es denn gar keinen Weg?«

»Für mich ist es zu spät. So wie ich bin, kann ich dort nicht auflaufen.«

»Aber Motti«, redete ich auf ihn ein, »das ist doch kein Leben. So in einer Höhle. Irgendwie muss es doch eine Verbindung aufs Festland geben.«

»Die gibt es«, berichtete mein Freund eifrig. »Bei Ebbe erscheint eine Straße, die Mutter auch benutzt. Sie fahren dort mit ihren Lastwagen und dicken Limousinen in die Stadt. Doch bei Flut ist sie je nach Jahreszeit mehr oder weniger überspült und ich würde es zu Fuß nicht empfehlen.«

»Wer spricht denn von zu Fuß. Aber woher weißt du das?«

»Ich weiß viel«, antwortete Motti, »und ich sehe viel. Ihr konntet es nicht sehen, weil eure Laufstrecke auf der entgegengesetzten Seite der Insel liegt und ein Landausläufer versperrt die Sicht.«

Wir standen auf den Dünen, das Gras kitzelte unsere Beine und Motti sah lustig aus in seiner Felltracht.

Unter uns lag Eden wir rutschen die Dünen hinunter und ich erkannte den Pfad. Es war schon dunkel und die Lampen im Camp gaben ein gespenstisches Licht.

»Ich danke dir!« Ich umarmte Motti.

»Gar nix für. Ich wünsche dir Glück, auch wenn ich denke, dass du sterben wirst.«

Das war eine durchaus realistische Einschätzung.

»Trink so wenig von dem Wasser wie es geht und schau in deine Tasche.«

»Was ist denn in meiner Tasche?« Ich fühlte hinein, da war das Streichholzbriefchen in meiner Hand. Ich drehte es im Mondlicht und stellte fest, dass ein Papier darin steckte, was dort nicht hinein gehörte.

Mit etwas Mühe zog ich es heraus, es war ein winziges Foto. Ich strengte mich an, etwas zu erkennen und sah auf ihm schließlich die Frau aus meinen Träumen, die mich als einziges Luca nannte - meine Mutter. Sie hatte ein Kind auf dem Schoß. Das Kind war ich.

»Motti, das bin ich!«, rief ich in die Dunkelheit. Doch mein Freund war verschwunden.

Ich steckte das Foto noch einmal in sein Versteck und setzte meinen Weg fort. Die Kuhle im Boden unter dem Zaun hatte ich größer in Erinnerung. Ich zwängte mich hindurch. Als ich im Camp war, stellten sich mir die Nackenhaare. Ich schlich mich hinter der Scheune an dem alten Steinbecken vorbei, in dem mich Jury beinahe ertränkt hatte. In dem schwarzen Wasser spiegelte sich der Mond. Ich wusste irgendwo wären Wachen, üblicherweise zwei. Doch die Laternen hingen hoch und das Licht erreichte nicht ganz die Gebäude. Wenn ich mich also in ihrem Schatten, bewegte, wäre ich praktisch unsichtbar.

Als ich um die Scheune herumging, quietschte eine Tür. Zwei Flammen bewegten sich in der Dunkelheit und ich fror in meiner Bewegung ein und hielt den Atem an. Ich hörte Urs dunkle Stimme, er rauchte:

»Is scheiße gelaufen mit dem kleinen Slizitsky. Aber ich konnte nicht wissen, dass er in den Abgrund fällt, nur weil er so Schiss vor den Hunden hat...«

»Nun er konnte nicht wissen, dass die Hunde nicht an die Kehle gehen. Tut mir leid! Ich habe gehört, er war ein guter Läufer. Hast du seine Leiche geborgen?«, ich kannte die zweite Stimme und hielt den Atem an - es war ein Onkel namens Jochen, der nicht immer im Camp wohnte und oft mit Mutter aufs Festland fuhr - meistens mit Mädchen, manchmal aber auch mit Jungs.

»Wie sollte ich die Leiche bergen? Dort geht es 60 Meter nach unten. Sollte ich hinterher springen?«

»Nun ja...«, meinte Jochen und lachte bitter. Er stand so nah, dass ich den Qualm seiner Zigarette roch.

Sofort verspürte ich die Gier nach einer Kippe.

Er schnippte die brennende Kippe auf den Hof und ich sah ihr Licht verglühen: »Ich find s halt ein bisschen spooky, dass das so ähnlich an dieser Stelle vor zehn Jahren schon einmal passiert ist und der Kleine damals tot war.«

»Du erinnerst dich noch daran?«, schnauzte Urs. »Das ist doch eigentlich gar nicht mehr wahr.«

»Sicher erinnere ich mich und ich erinnere mich auch an Mutters Wut. Musstest du ihr nicht versprechen, dass du das außerhalb des Atriums bleiben lässt?«

Urs brummte.

»Was hast du ihr erzählt, wie das passiert ist?«

»Oh Mensch, ich hab ihr gesagt, dass der kleine Slizitsky türmen wollte und ich ihm mit den Hunden hinterher bin. Das andere war ein Unfall.«

»War es ja beim ersten Mal schon, oder?«

»Ja, ich bin ein Spieler. Ich will nur gewinnen, sonst gar nix.«

»Wie hieß der Kleine damals noch?«

»Ich weiß es nicht mehr.«

»Du lügst!«, behauptete Jochen.

»Na irgendwas mit „M…“. Lass uns reingehen! Eins machen wir noch!«

»Na gut! Nur noch eins. Ich muss morgen früh raus. Morgen ist ein Wettkampf im Atrium.«

Die zweite Kippe flog. Dann wurde die Tür geschlossen und ich atmete auf.

Das verstand ich nicht. Welcher Junge ist an dieser Stelle gestorben? Und die Hunde gingen gar nicht wirklich bis zum Äußersten. Was war nur mit diesem Atrium? Was war das für ein seltsamer Ort?

Vielleicht war das der Puzzlestein, der dem großen Ganzen einen Sinn gab.

Doch ich durfte nicht vergessen, wieso ich hier war, ich suchte Peter.

Ich verließ meine Deckung, um in die Scheune zu gelangen, konnte ich nur den Eingang vom großen Hof her wählen, wo ich aber für jeden sichtbar wäre. Bald hatte ich ihn erreicht und das Scheunentor gähnte mich an. Meine Knie zitterten, denn ich dachte an den Skeletttraum. Alles war finster, ich richtete meine Augen zur Decke und mein Herz pochte wie wild.

Da war nichts - kein Peter. War er tot? Ich wusste, ich musste leise sein..., aber ein großer Schrei ballte sich in meinem Körper zusammen. Ich sank auf die Knie, ich konnte nicht mehr. Ich sendete ein Stoßgebet gen Himmel:

»Bitte, er darf nicht tot sein! Er darf nicht...«

»Er ist nicht tot!«, sagte Gabriel ganz ruhig, seine Stimme klang wie ein beruhigendes Rauschen im Hintergrund. Ich sah zu ihm hoch, ich hatte Tränen in den Augen.

Er führte mich weg. Ich zitterte, aber ich wehrte mich nicht. Er zündete eine Zigarette an und hielt sie mir hin: »Du hast das Talent nicht zu sterben. Warum bist du nicht einfach gegangen?«

Ich blieb ihm die Antwort schuldig und er klopfte mir auf die Schulter.

»Ja, das kenne ich!«

17. Los!

Als ich in die Zelle kam lag Peter über mir in seinem Bett, das beruhigte mich. Ich hörte sein Atmen und schlief ein.

Ich schlief lange, so lange wie es eigentlich nur im Märchen möglich ist:

»Mama?«

»Ja, Luca!«

»Warum schläft denn das Mädchen im Buch so lange?«

»Es ist Dornröschen.«

»Aber sie schläft so lange. Ist sie so müde?« In dem Buch waren bunte Farben und ein Schloss mit einer Hecke. Dornröschen war sehr schön.

»Das ist ein Zauber.«

»Ist der Zauber böse, Mama?«

»Ein bisschen vielleicht.«

»Man darf die Leute nicht schlafen machen, wenn die nicht wollen.«

»Bei kleinen Jungs darf man das.« Meine Mutter lachte, ihre Haare waren offen.

»Nein, das darf man nicht, weil ich gar nicht müde bin.«

»Bist du nicht?«

»Nein, weil ich der Prinz bin, der alle rettet.«

»Rettest du mich bitte auch?«

Ich gab ihr einen dicken Kuss. Ihre Lippen waren weich und rochen ganz zart nach Rosen.

Einmal träumte mir Mutter selbst und Urs seien da gewesen:

»Wie konnte das passieren?«, fragte sie mit ihrer krächzenden Stimme.

»Ich weiß nicht. Ich weiß es wirklich nicht, Mutter. Glaub mir!« Sie antwortete mit einem abfälligen Schnauben.

»Der Bengel wollte flüchten. Der kann rennen wie der Teufel. Da sehe ich, wie er vorm Tor ist und ich denke, ich frag Solomon mit seinen Hunden.«

»Und Solomon war zufällig da?«

»Ja! ...Nein!«, druckste Urs. »Er hat eine Lieferung aus der Stadt gebracht und konnte bei Flut mit dem Auto nicht über den Damm. Da ist er auf ein Spielchen geblieben.«

»Solche Spielchen sollst du nicht mehr spielen, seit damals...«

»Ein Kartenspiel, Mutter, ich schwöre ...nur ein Kartenspiel.«

»Du weißt, dass ich ihn brauche. Weißt du das?« Es klang als hätte Urs Schmerzen, aber ich hatte die Augen geschlossen.

»Das nächste Mal spielst du deine bescheuerten Spiele mit jemand anderem. Stirbt der hier, gibt es Krieg!«

»Ich tue es nie wieder!«, presste Urs hervor.

»Und noch etwas! Kommt er nicht mehr zu sich, verlierst du deinen Daumen. Dann hat es sich mit Karten, du Depp! Ich schneide ihn dir *eigenhändig ab, damit du etwas lernst. Deine Chancen stehen fifty-fifty. Ein spannendes Finale.«*

Ich hörte Gewimmer.

»Weichflöte!«, sagte sie und die Tür fiel zu.

Ich dämmerte weg.

Dann sah ich Leni. *»Leni!«, sagte ich .*

Sie war hübsch und jung wie ein knackiger Apfel.

»Christo! Christo!« Sie zog mich an der Hand: »Komm mit, wir gehen!«

»Leni, ich kann hier nicht weg.«

»Doch du musst sogar. Sie machen dich hier sonst noch tot. Weißt du nicht mehr, wo der Ernteeinsatz war?«

»Doch! Aber ich weiß nicht, wie ich da hinkommen soll und ob ich das Feld wiederfinde.«

»Du schaffst es! Mein Haus liegt gleich hinter dem Wald, keine zwei Kilometer. Komm mich besuchen, Christo. Ich warte!«

Als ich die Augen aufschlug, saß da auch ein Mädchen, sie sah mich mit großen Augen an. Allerdings waren ihre braun und nicht blau wie Lenis. Sie hatte ihre Haare unter einem blauen Kopftuch verstaut und schüttelte das Kissen auf und half mir mich zu setzen.

»Na?«, fragte sie und hielt mir einen Löffel mit einer Art Püree vor die Nase. Ich drehte den Kopf weg und sah nach dem Wasser auf dem Tisch. Sie gab mir das Glas. Ich trank es restlos aus.

Nun hielt sie mir den Löffel wieder hin. Ich aß, doch ich wollte nicht sprechen.

Im Türrahmen sah ich Urs stehen. Er betrachtete mich und ich hatte das Gefühl, er atmete auf.

Das Mädchen sagte: »Ich bin Isy!«

Ich nickte, mir war nicht nach quatschen. Ich hatte das Gefühl, ich könnte gut selber löffeln, dennoch ließ ich sie mich füttern, nur um Urs dummes Gesicht zu sehen. Sie würde eh bald noch jemand zu füttern haben, denn sie war schwanger. Isy war nicht viel älter als ich, höchstens zwei Jahre. Wir nannten solche Mädchen „Rückkehrerinnen“. Denn sie fuhren frohen Mutes mit Mutter in die Stadt zum „Heiraten“, einige sahen wir nie wieder, andere kamen mit einem dicken Bauch zurück und waren auch nach diesem ersten Kind permanent schwanger. Manche dienten als Ammen oder passten auf die vielen Kinder auf, die Mutters Maschinerie am Laufen hielten.

Urs stand immer noch da und beobachtete mich. Er war eine Zecke. Eine dicke, fette Zecke die sich an Mutters Busen vollgesaugt hatte. Es wurde mir irgendwie schlecht und ich würgte ein bisschen. Ich fing mich aber wieder und Isy lächelte. Ich legte mich wieder hin. Irgendetwas mit mir war komisch. Ich hatte das Gefühl ein Teil von mir schliefe noch, ein Teil von mir war in meinem Körper gefangen, wie ich es damals nach Jurys Angriff in diesem Loch gewesen war. Es war der gute Teil - der, der kämpfen konnte und der, der rannte.

Etwas wuchs in mir. Man nennt es Hass. Seit ich geschlafen hatte, spürte ich die Gier nach Rache. Ich malte mir aus, wie ich mich an Gabriel, Urs, Jury und Samantha rächen könnte für all die Schmerzen und Demütigungen, die ich hatte erdulden müssen. Einmal stellte ich mir vor, wie ich Urs bleichen, teigigen Rücken mit einer Rute peitschte, während er an den Pflock gefesselt war. Und er heulte und flennte wie ein Mädchen. Nur ich hörte nicht auf. Ich ließ das Blut fließen und erst als er sich vollgepisst hatte, warf ich die Rute weg.

An diesem Abend nahm ich das Foto vorsichtig aus dem Streichholzpäckchen und küsste es. Ich küsste meine Mutter und ich küsste auch mich, denn ich war Luca. Damals war ich noch klein, nun jedoch war ich fast erwachsen und mein Wille war stark. Mir lief eine Träne über die Wange. Peter kam zu mir und legte mir die Hand auf den Arm. Er hatte sich darauf verlegt, mich die ganze Zeit voll zu quatschen. Ich hatte gar nichts mehr gesprochen seit Gabriel mich geschnappt hatte, auch nicht mit Callisto. Callisto war so froh gewesen, als sie mich sah, sie küsste mich auf die Wange und ließ mich gar nicht wieder los. Da musste ich einmal kurz lachen und der alte Christo wollte aus dem Loch. Er schaffte es nicht ganz.

Ich hörte nachts Peters gleichmäßige Atemzüge, wie ich sie immer gehört hatte. Der salzige Geruch und das bleiche Mondlicht drangen durch die Stäbe und das Schlimmste war, es war trotz allem so ein Gefühl von Heimat da. Denn klar könnte ich abhauen. Vielleicht würde ich es sogar schaffen. Doch was sollte ich tun? Wo sollte ich hin? Hinter dem großen, grauen Meer, gab es nichts für mich. Für mich gab es nur das, was Mutter und die Onkel von mir wollten. Ich lief, ich arbeitete, ich aß und ich wurde verprügelt.

Meine richtige Mutter? Wer war sie? Ein Geist aus meinen Träumen, ein Gesicht auf einem Foto? Oder war sie doch mehr?

»Wir sollte es tun?«, sagte Peter plötzlich von oben.

Ich war verdutzt, weil ich gedacht hatte, er schliefe. Darüber vergaß ich mein Schweigen: »Was tun?«

»Nun abhauen. Ich hab das Gefühl, wir hätten nicht mehr lange Zeit. Während du krank warst, hat Mutter viele Mädchen und Jungs weggefahren.«

»Wohin?«

»Ich weiß es nicht. Aber ich glaube, sie kommen nicht wieder.«

»Abwarten!«, sagte ich.

»Was willst du tun? Willst du nicht weg, so wie du es mir versprochen hast?«

»Doch ich will weg....« Ich dachte an Callisto, dachte daran, wie sie mit mir zum Meer runtergerannt war. Ich dachte an die Kälte und daran wie ihr glockenhelles Kinderlachen in der Luft gefror. Dann sah ich wie wir untergingen und wie Peter uns rettete. Er hatte eine Laterne in der Hand getragen. Er war die Feuermotte.

»Aber ich will Mutter und ihre verdammte Scheißbrut alle vorher über den Jordan schicken.«

»Und wie willst du das anstellen?« Peter lachte ein bisschen.

»Das weiß ich noch nicht, das heißt aber nicht, dass ich es nicht tue. Wir müssten in einen der LKW gelangen und auf s Festland fahren, denn die Strecke schaffst du nicht. Sie würden uns kriegen.«

»Und was ist mit Callisto?«, fragte Peter.

»Die nehmen wir natürlich mit!«

Peter knurrte ein bisschen.

»Hast du dich jemals gefragt, wozu sie diese ganzen Kinder brauchen?«, fragte ich ihn.

»Ja.«

»Was machen sie wohl mit einem wie mir? Wozu soll ich immer rennen?«

Mein Freund schwieg.

»Was machen sie wohl mit einem wie dir oder mit Callisto?«

»Arschloch!«

Morgens kam Ramon und ich nahm das Training wieder auf. Beim Laufen blieb ich absichtlich bei Peter und tat, als ob ich noch nicht fit wäre. Peter hechelte und war kreidebleich.

»Entschuldige! Das war Scheiße, was ich gesagt habe!«

»Lass stecken! Du hast recht! Und eben deswegen müssen wir schnellstens hier weg.«

Peter hustete: »Einer wie du macht also einen Art Wettbewerb und einer wie ich, ist nur gut genug sich von irgendwelchen reichen Kerlen in den Arsch ficken zu lassen.« Er spuckte aus. »Meinst du, wenn das nicht mehr klappt, entsorgt mich Mutter in irgendeinem Straßengraben?«

»Zuzutrauen ist es ihr«, bestätigte ich.

»Das Ding muss morgen laufen. Es fahren ständig Laster hin und her. Sie bringen irgendwas aufs Festland und wir werden dabei sein.«

»Abgemacht.« Ich gab meinem Freund High Five.

»Was ist mit Callisto?«, erkundigte er sich.

»Ich nehm sie mit wie versprochen. Sie ist klein genug, dass ich sie in einen Korb legen kann.«

Wir kamen nach Eden und Peter hatte das Training ohne zu kotzen geschafft. Wir gingen in den Waschraum, der im selben Haus wie unsere Zelle war.

»Komisch!«, sagte ich zu Peter, während die anderen Jungs sich unter der Dusche foppten. Ausgerechnet heute ist kein LKW im Hof.«

»Ja, aber selbst wenn es jetzt heute nicht klappt. Morgen ist auch noch ein Tag.«

Callisto saß bei den Mädchen. Es war unüblich sich als Junge dazu zu setzen. Aber unsere Blicke trafen sich, als ich mit dem Tablett vorbeiging und unverhofft ließ ich meinen Löffel fallen.

Sie zwinkerte und tat so, als ob sie ihn mir aufheben wollte.

»Lass uns nach dem Essen treffen! Wir machen hier den Abflug sobald die Transporter wieder da sind.«

»Ich muss nach dem Essen zu so einem komischen Mädchending, aber dann komme ich sofort. Christo, ich hab Angst. Irgendwas geht vor sich.«

»Mach dir keine Sorgen! Wir sind so gut wie weg!«

Also wartete ich hinter der Scheune und rauchte meinen letzten Zigarettenstummel.

Mein Feuerzeug ging nicht mehr und daher nahm ich die Zündhölzer. Es waren noch fünf in der Packung. Ich drehte das kleine, rote Briefchen um. Auf der Rückseite stand etwas in goldenen Buchstaben und es war ein Haus abgebildet. Wahrscheinlich eine Adresse. Ich wollte Callisto fragen, sobald sie kam.

Aber sie kam lange nicht und der ewige Wind ließ mich zittern.

Plötzlich Geschrei und Gekreische auf dem Hof: Callisto!

Ich rannte so schnell ich konnte. Da waren fremde Autos, keine Laster, sondern Limousinen. Gabriel war da und Mutter und ein Pulk voller aufgetakelter Mädchen. Alle stiegen in die Limousine, nur eine nicht - meine Freundin, Callisto. Sie schrie und kreischte aus Leibeskräften: »Nein, ich will nicht mitfahren, fahrt alleine! Christo! Christo, Hilfe!«

Neben ihr stand so ein riesiger Typ in einem feinen Anzug, so ein richtiger Gorilla mit schmierigen, schwarzen Gelhaaren. Er grinste über Callisto: »Ne richtige Wildkatze bist du!«

Und ich war da. Ich reichte Callisto die Hand und dachte an unser Abenteuer am Meer und daran, dass ich mir versprochen hatte, diese Hand nie wieder loszulassen.

»Was soll das? Lass sie los! Sie will nicht!«, fuhr ich ihn an.

»Hau ab, du Zwerg! Was willst du?«

»Lass meine Freundin los! Sie will nicht mitfahren.«

Nun lachte der Riese: »Eure Wege trennen sich hier, Kleiner! Sag ihr Tschüss!«

Er löste unsere Hände und drehte sich Richtung Auto, wo die kichernden Mädchen schon warteten.

Mutter sagte nur ein Wort: »Gabriel!« Sie sagte es mit Nachdruck und Gabriel setzte sich in Bewegung wie ein gehorsamer Köter.

Jetzt oder nie!

»Einen Moment noch!« Der Gorilla drehte sich um und brummte. Da trat ich vor ihn und ging nahe an Callistos Gesicht, dann zwinkerte ich, hob mein Knie und rammte es dem Riesen mit aller Macht in die Weichteile.

Seine Augen drehten sich gen Himmel, er ließ Callisto los. Gabriel war wie immer zu langsam und ich riss meine Freundin aus der Schusslinie, ich wollte Richtung Zaun, dort wo ich auch hereingekommen war.

»Scheiß auf Peter, der ist zu langsam!«, dachte ich. »Aber Callisto und ich, wir können es schaffen!«

Überall kamen die Leute angerannt. Die Onkel versuchten uns zu fangen, sogar Urs war am Start und versuchte uns eher halbherzig den Weg abzuschneiden. Die Kinder johlten. Ich tat was ich am besten konnte - ich rannte. Wir rannten in einen Geräteschuppen,

eine Leiter hinauf und Ramon und noch ein anderer Onkel stießen sich beinahe gegenseitig von den Sprossen. Oben lag Stroh zum Trocknen. Hinten war die Warenluke, wo man Stroh und andere Sachen hochzog. Dort hing ein Seil mit einem Haken. Etwas weiter links war der Misthaufen. Ich sah auf das Holzgelenk, das den Haken drehen ließ.
Callisto war neben mir. Sie war schnell.

»Wir müssen springen!«

Sie sah auf das Seil: »Nein!«

Ramon war die Leiter oben, er war gar nicht so schlecht auf die alten Tage. Seine Stimme war schmeichelnd und zäh wie Honig. Sie floss auf mich zu und wollte mich lähmen.

»Wenn ich„ Jetzt!“ sage!«

»Christo, mach keinen Scheiß! Wir können doch über alles reden!«

Ramon stockte in der Bewegung und hielt auch alle hinter ihm auf. Ich schenkte ihm nur einen kleinen Blick. Unten brüllten Kinder meinen Namen im Chor. Es war sauhoch.

»Jetzt!«

Wir versuchten ans Seil zu springen. Ich erreichte es und Callisto erwischte einen Moment später mein Hemd. Es krachte in den Nähten, dann klammerte sie sich um mich und ich versuchte dem Ganzen einen Schwung in Richtung Misthaufen zu geben. Der Haken, über den das Seil lief, klemmte und es gab einen unerwarteten Ruck, als er sich zu drehen begann. Callistos Gewicht tat sein Übriges und ich sah meine Hände über mir. Wie in Zeitlupe öffneten sich meine Finger.

Wir fielen ins Bodenlose, ich hörte Callisto schreien. Jemand schrie mit ihr zusammen.

Ich träumte von Callisto. Ich sah ihr Gesicht, ihren weichen, wuscheligen Haare ihre wasserblauen Augen, ihr salziger Geruch.

»Entschuldige, ich konnte dir nicht helfen!«

»Du hast mir doch geholfen, nur nun bin ich fort. Du musst mich suchen und mich heiraten. Versprich es!« Ihre Stimme wurde leiser.

»Ich verspreche es dir! Ich komme und heirate dich!«

18. Abschied

Das Aufwachen war wie ein kalter Wasserstrahl, ich zitterte, stand senkrecht im Bett und stieß mir die Rübe. Das Bettgestell quietschte...

»Schön, dass du wieder aufgewacht bist«, meinte Peter ich hörte an seiner Stimme, dass er sauer war.

»Wo ist sie?«

»Ich weiß es nicht! Ihr seid runtergefallen und dann gingen bei euch die Lichter aus. Sie haben sie mitgenommen. Wohin auch immer.«

»Nein! Nein! Nein!«

»Schon komisch, ihr hättet es schaffen können. Aber der Verladehaken war eingerostet und hat nicht richtig gedreht.«

Er schaute zu mir herunter:
»Weißt du was cool war?«

»Ne?«

»Wie du dem Riesenbaby in die Eier getreten hast. Alle haben sich totgelacht, sogar Gabriel. Nur Mutter ist sauer. Ich wundere mich, dass du noch hier bist.«

»Nicht mehr lange. Ich ziehe den Plan trotzdem durch. Ich muss zum Festland und Callisto retten und meine richtige Mutter finden.«

»Toll, dass du Callisto mitnehmen wolltest und mich nicht!«

»Tut mir leid, mein Alter! Es war spontan. Ich bin durchgedreht. Die arme Callisto! Sie hat sicher Angst.«

»Mach dir keine Sorgen!«, beruhigte Peter mich. »Sie ist zäher als du denkst.«

»Hoffentlich!«, ich seufzte: »Wie ist dein Plan?«

»Auf dem Hof steht ein kleiner Lieferwagen, der hat Lebensmittel gebracht und ich habe die Autos beobachtet. Sie fahren immer nur in einem besonderen Rhythmus. Ich weiß nicht warum, aber sie warten auf etwas.«

Ich stand auf und mir tat alles weh: »Motti hat gesagt, sie warten auf die Ebbe. Die Straße zum Festland ist bei Flut überspült.«

»Wer ist denn Motti?«

»`n Freund, lange Geschichte.«

»Meinst du, sie fahren erst nach dem Essen?«

»Oder noch später in der Nacht! Die Mädchen sind sie so gegen ein Uhr Mittag gefahren. Das bedeutet so gegen Mitternacht könnten sie mit dem Lieferwagen los.«

»Vorausgesetzt sie übernachten nicht und wagen kein Spielchen mit Urs.«

»Ja, da steckt man nicht drin«, musste Peter zugeben. Er schwieg eine Zeit lang. Das gab mir Gelegenheit ausgiebig an Callisto zu denken. Ich versuchte mir Leni ins Gedächtnis zu rufen, von der ich gedacht hatte, sie zu lieben, doch es ging kaum. Ich konnte mir ihr Gesicht neben Callistos lebensfrohem Grinsen kaum in Erinnerung bringen... Ich liebte wohl doch eher meine Callisto. Ich wollte sie beschützen und sie wiederhaben. An sie zu denken tat mir fast körperlich weh. Das Licht im Gang des alten Schlachthauses zitterte gespenstisch und ich riss mich aus meinen Gedanken: »Und?«

»Nach dem Abendessen machen wir zwei Attrappen. Wir legen die Klamotten und das Kissen so ins Bett, dass es so aussah, als schliefen wir schon. Vielleicht fällt es den Onkeln nicht auf, bei dem Scheißlicht.«

Ich schlenderte in den Gang und boxte volle Kanne unter die Birne der Lampe, die vor unserer Zelle hing. Die Glühbirne explodierte regelrecht und Scherben und Funken rieselten auf den grauen Boden.

Beim Essen war es laut, als ich mit Peter den Raum betrat, erstarb jedes Geräusch. Hochachtung hing in der Luft. Wir sprachen das „Bekenntnis“:

»Wir danken dir, ehrwürdige Mutter für dieses reichhaltige Mahl...wir sollen dir gehören...Verdammt seien die, die diesen Schwur brechen!«

Unter dem Tisch fummelte ich das Streichholzpäckchen aus der Hose. Ich berührte das Foto mit meiner echten Mutter: »Ich liebe dich! Ich finde dich! Die alle sollen brennen.«

Dies war mein eigenes Bekenntnis: Ich würde zurückkommen und mit diesen Streichhölzern diese ganze Scheißmischpoke[2] anzünden. Mutter stand auf, sie hielt theatralisch die Arme hoch und bedeutete den Kindern zu schweigen. Es war dennoch ziemlich unruhig und

---

[2] abwertend für Familie

Gabriel zu ihrer Rechten und Urs zu ihrer Linken standen auf und verschränkten die Arme.

»Wir alle leben hier in einer Gemeinschaft. Es ist ein Geben und Nehmen und auch wenn einigen unsere Regeln zu hart erscheinen mögen, so sind sie doch gerecht.« Gemurmel!

Gabriel sah scharf in die Runde: »Ihr seid meine Söhne und Töchter. Wenn es an der Zeit ist, so geht ihr in die Welt hinaus, jene Welt, vor der ich euch immer beschützt habe. Ich werde Aufgaben finden, die ihr dort zu erledigen habt. Einigen wird das leichter fallen, anderen schwerer. Doch denkt daran, ihr tut es für unsere Gemeinschaft.« Große Unruhe entstand,
so etwas hatte ich noch nie erlebt. Urs zog die Augenbrauen hoch.

»Seid ruhig, meine Kinder. Ich weiß einige lieben einander. Dennoch sollten wir uns nicht abhängig machen von solchen Beziehungen. Denn wenn es an der Zeit ist, habt ihr nicht das Recht beieinander zu bleiben. Niemand hat das Recht eine Schwester von ihrem Schicksal zurückzuhalten, in die Welt zu gehen und ihre Pflicht als Frau zu erfüllen.«

Schweigen! Mutter wollte sich schon setzen und Gabriel zuckte, als ich hörte: »Warum nicht?«

Eden war nicht einer der Orte, in dem eine Frage laut ausgesprochen wurde, vor allem nicht gegenüber Mutter.

»Wer war das?«, brüllte Gabriel vom Podest in die Runde. »Welche von euch Maden hat sich das getraut?«

Keine Reaktion! »Wollt ihr etwa alle heute Nacht auf dem Hof stehen?«, setzte Gabriel noch einen drauf.

Das Ding war: Alle hatten nur gehört, dass es eine Jungenstimme war, ich aber wusste es besser. Es war Peter gewesen. Mein kleiner, blasser, langsamer Freund hatte eine scharfe Zunge.

Gabriel tobte. Gerade wollte er irgendetwas schreien, da trat Mutter neben ihn. Ihre dicken Beine waren wie Würstchen, die man mit Gewalt in hohe Schuhe gezwängt hatte. Ich wartete jeden Tag darauf, dass die Pelle platzte.

»Ihr fragt warum nicht…? Nun seit wann ist es erlaubt, dass Bruder und Schwester sich in einer solchen Art lieben? Ich hingegen«, krächzte sie weiter, »bin verantwortlich für euer Seelenheil. Denkt einmal darüber nach und streicht die üblen Gedanken aus euren Köpfen. Alles was hier geschieht, geschieht im Sinne einer höheren Ordnung.«

Ich starrte Mutter und Gabriel an und ein zartes Kribbeln in meinem Nacken verriet mir, dass sich meine Haare aufstellten. Denn mir stach etwas ins Auge, was mir nie aufgefallen war. Zwar waren Mutters Haare rot und auch ihre Haut hatte einen rötlichen Schimmer. Doch irgendwie..., wenn Gabriel so neben ihr stand, dann glichen sich seine und Mutters Züge: die Augen, der Mund. Er war ihr richtiger Sohn! Er war der einzige, der nicht log, wenn er sie Mutter nannte.

Da stand plötzlich Sandro, der Junge mit dem großen Ohrring neben mir. Er legte etwas auf meine Hand.

Ich sah ihn ungläubig an und schluckte noch schwer an meiner Erkenntnis, nichtsahnend, was sie mir nützen könnte. Auf meiner Hand lag eine Zigarette: »Das, was du für Callisto gemacht hast, war etwas ganz Großes!«, sagte Sandro. Ich hatte bisher kaum drei Worte mit ihm gewechselt.

»Es hat leider nicht geklappt!«, gab ich zu.

»Das ist nicht so wichtig.«

Also für mich war es schon wichtig, denn Callisto war weg und ich hatte ihr Lachen vor Augen und einen Stich im Herz.

»Es geht ums große Ganze!« Sandro ging weiter, aber einige Jungs folgten seinem Beispiel. Am Ende hatte ich acht Zigaretten und steckte sie ein. Als ich mich umdrehte und aufstand, spürte ich Mutters heißen Blick im Rücken Sie stand auf dem Podest, wo ihr Tisch war und schaute mich an.

Unsere Blicke trafen sich und obwohl mein Herz raste, war es diesmal nicht aus Angst. Es raste vor Hass und in der Gewissheit, dass ich alles daran setzen würde, dass diese Frau bezahlte. Wieder zurück in der Zelle bereiteten wir unseren Abgang vor. Wir stopften alles, was wir an Kleidung hatten so in die Betten, dass man mit einer Decke darüber einen menschlichen Körper vermuten könnte.

Wir schlichen über den Gang und drückten uns dabei eng an die Wand, dorthin, wo kaum Licht war.

Wir erreichten den hinteren der Waschräume und zu meiner Erleichterung war niemand darin.

Es gab hier mehrere Kabinen und da wir wussten, dass diese bald von den Onkeln kontrolliert würden, hatte Peter vorgesorgt. Er hatte ein schmales Brett auf die Kabinenwände gelegt. Es lag knapp unter der Zimmerdecke und nahe der kalten Wandfließen. Wir legten uns hintereinander und auch wenn die alte Lampe anging waren wir so im

Dunkeln und alles, was im Dunkeln liegt, das gibt es eigentlich gar nicht wirklich.

Die Onkel kontrollierten zwar, allerdings meist nur schlampig, denn sie waren innerlich schon bei ihrer Abendbeschäftigung: Urs war bei seinen Karten, Gabriel bei seinen Weibern und Ramon vielleicht bei einer Schnapsflasche oder so.

»Kannst du den Transporter knacken?«, fragte ich Peter.

»Ich denke schon. Wir werden sehen.«

Tatsächlich wurde die Tür nach kurzer Zeit aufgestoßen und wir hörten schwere Stiefel. Ein Lichtstrahl huschte durch den Raum. Ich machte die Augen zu.

»Alles klar!« Die Tür fiel zu.

Ich atmete auf, blieb aber noch liegen. Erst als Eden komplett in Finsternis gehüllt war, kletterten wir herunter. Wir hatten kein Gepäck, ich hatte nur die Zigaretten, das leere Feuerzeug und das Streichholzpäckchen. Die Zigaretten hatte ich in eine flache Dose getan, die ich mal gefunden hatte und dort ruhte auch das Feuerzeug und das Foto meiner Mutter. Ich war bereit.

Wir kletterten aus dem Fenster, weil wir so erstmal hinters Haus kamen und nicht so sehr auf dem Präsentierteller waren.

Bis zum Auto kamen wir ohne Probleme. Peter fummelte etwas aus seiner Tasche. Es fiel ihm aus der Hand klirrte metallisch und er bückte sich und tastete im Sand. In Richtung des westlichen Nebengebäudes quietschte eine Tür.

»Vorsicht!«, zischte ich und ging auf Tauchstation hinter den Wagen.

Es war einer der Vettern. Wir lugten vorsichtig um das Auto. Er hatte ein
Mädchen dabei: »Komm mit, ich habe Wein in meinem Zimmer! Hast du den schon einmal getrunken?«

Das Mädchen antwortete nicht, zierte sich aber scheinbar, denn er redete unentwegt auf sie ein.

»In meinem Zimmer habe ich ein eigenes kleines Bad und einen Fernseher. Willst du einen Film sehen?«

Ich glaube der Typ nannte sich Leo. Ich wusste nicht, ob sie mit dem Schmierlappen einen Film sehen wollte, jedenfalls ging sie mit.

Wir warteten eine Weile, dann beschäftige sich Peter noch einmal mit dem Schloss an den Heckklappen des Vans. Er war weiß und kühl. Ich legte meine Hände auf das Metall. Siehe da, es gab ein Klicken und Peter zog die linke Tür auf. Sie quietschte, aber nichts rührte sich. Auf dem Stromkabel, das sich quer über den Hof spannte, saß ein Schwarm Krähen. Eine Krähe flatterte ein wenig, beruhigte sich aber bald. Jetzt waren wir drin. Es roch muffig und war ziemlich leer. Ein Zündholz musste her. Im hintersten Winkel erkannte ich zwei Berge mit Wäsche oder so und einige leere Körbe standen herum.

»Lass uns unter der Wäsche verstecken!«, sagte Peter, da verbrannte ich mir die Hand.

In dem Wäscheberg war es gemütlich. Mein Freund hatte die Tür blockiert, so dass sie fest verschlossen schien, sich jedoch von innen aufdrücken ließ.

Ich sah das Gesicht meiner Mutter ganz nah. Ich streckte die Hand nach ihr aus. Ihre dunklen Haare, die sanften Augen, ihre vollen Lippen.

Ohne Vorwarnung verzog sich ihr Gesicht zu einer Grimasse: »Renn!«

Ich wachte schweißgebadet auf. Das Auto vibrierte. Wir fuhren: »Hurra!« Ich roch das Meer: »Ja! Ja! Das ist gut! Wir fahren über den Damm.«

Mit einem Mal ruckelte die Karre sehr stark. Noch einmal und noch einmal. Plötzlich blieb sie stehen.

Ich sah zu Peter, der schien zu schlafen. »Hey?«, machte ich leise. Er bewegte sich etwas. Ich konnte ihn nicht wirklich sehen, doch ich spürte es irgendwie. »Da scheint was nicht zu stimmen!«, flüsterte ich.

»Sie sind stehen geblieben!«

Auf einmal waren Stimmen draußen. Das Geräusch einer Autotür, ein Typ schrie: »Das kann nicht sein. Du bist so ein Vollpfosten! Ich habe dir gleich gesagt, der Scheißsprit reicht nicht.«

»Reg dich ab! Hinten is n Kanister.«

»Ja, reg dich ab. Ich geb dir gleich, reg dich ab! Wenn wir auf der Scheißwasserstraße liegengeblieben wären und die Flut gekommen wäre, dann hätte ich mich aufgeregt.«

»Ja, ja!«

»Was sollen wir jetzt machen?«, war ich gerade noch am Schlafen gewesen, loderte nun Panik in mir.

»Wir verstecken uns hinter der Tür. Wenn er reinkommt, geben wir ihm einen Rand er fliegt nach hinten, wir ziehen die Tür zu. Voila!«

Mir fiel nix Besseres ein und deshalb tat ich was Peter wollte. Was er mit voila wollte, wusste ich nicht, doch das wäre wohl nicht so schlimm.

Er sperrte und rüttelte von außen an der Tür. Peter hatte den Riegel entfernt. Der Fahrer leuchtete mit einer Taschenlampe nach hinten, sah uns aber nicht. »Wo is n der Kanister genau?« Er machte einen Schritt nach oben und hatte den Fuß noch nicht abgesetzt. Da brüllte Peter: »Jetzt!«

Ich gab dem Typ so einen mächtigen Rand, dass er, glaubte ich, mit der Stirn in der Wand des Transporters einschlug. Rums machte es. Mein Freund und ich zogen von außen die Klappe zu. Er saß in der Falle. Von dem Beifahrer keine Spur

Dann sprangen wir vom Auto runter und rannten. Es war ziemlich dunkel, doch der Mond schien auf die nasse, schwarze Fahrbahn und das Meer brauste ganz weit hinten.

Wir rannten auf die Straße zu und ehe mir noch in den Sinn kam, dass das eine doofe Idee sein könnte, waren wir schon darauf. Vor uns nasser Asphalt und neben uns brüllte das Meer im Dunkeln und Wellen schlugen bereits an den Beton. Hinter uns schrie der Typ aus dem Fahrerhaus etwas, das ich nicht verstand. Peter lief ziemlich schnell für seine Verhältnisse. »Komm, du schaffst es! Du hältst dich gut.«

Dann hörte ich etwas, dass ich verstand. Es knallte, die Möwen flogen hoch. Der Mann hatte ein Gewehr abgefeuert. »Renn!«, dachte ich. »Renn!« Meine Füße, mein Herz - wie aufgezogen. Da fiel mir mein Freund ein. »Bum!«, machte es noch einmal. Instinktiv drehte ich mich um. Peter war gar nicht so weit von mir entfernt, vielleicht zwanzig Meter. Und dann kippte er nach vorn. Ich blieb stehen und schrie. Alle Möwen flogen gen Himmel. Die Zeit zerriss.

Ich lief zurück und hielt ihn. Seine Augen waren voller Tränen: »Hab ich es gut gemacht?«, fragte er.

»Ja, du hast es gut gemacht. Du bist nie schneller gerannt, mein Freund. Du bist mein bester Freund. Ich …ich…«

»Sterbe ich jetzt?«, fragte er. Meine Hand war hinten an seinem Rücken und sie wurde feucht vom warmen Blut. Ich schluchzte und nickte.

»Sei nicht traurig! Ich träume seit Monaten von meinem Tod, ich wusste nur nicht… wie…es…«

»Das Leben ist nicht für immer und der Tod ist nicht für immer.«

»Finde sie!«, er röchelte. »Ich habe auch …von dir… du hast sie… gefun…den…« Er drückte meine Hand und sah nach oben zu den Sternen.

Dann war er fort. Ich brach zusammen und bestand nur noch aus Tränen und Wut.

Der Typ mit dem Gewehr stand vor mir. Er war relativ klein und hatte einen Schnurrbart. Als ich auf ihn losgehen wollte, schlug er mich mit dem Schaft der Waffe auf den Kopf.

19. Atrium

Ich war wieder ein kleiner Junge und saß auf Samanthas Schoß. Ich hatte eine Mordsangst und spürte, dass es ihr ebenso ging. Mutter saß uns gegenüber. Ich beobachtete sie. Sie hatte sich eine Zigarre angesteckt und qualmte uns alle voll. Gabriel war auch da. Er war deutlich jünger, sein Bart war nicht so dicht.

»Nun gut, Samantha! Wir behalten das Kind und wir schicken Lydia jeden Monat ein Foto. Wir lassen ihn nach Eden. Er soll ein Läufer und ein Kämpfer werden, so wie sein Vater es war. Durch die Fotos wird Lydia wissen, dass ihr Sohn noch lebt und wir werden ihr unmissverständlich klar machen, dass wenn wir auch nur die Schwanzspitze eines ihrer Leute sehen, sich das ändern wird.«

Samantha nickte, sie war traurig. Ich wusste nicht warum. Dann stand Mutter auf, kam auf uns zu und blies mir den Rauch ins Gesicht: »Du bist schnuckelig mein Kleiner, weißt du das?«

Ich sagte nichts und wusste es nicht.

»Du bist wie dein Vater, ein Jammer. Ich hatte ihn auf dem Schoß, als er noch so klein wie du war. Warum wollte er die Familie verraten? Ich hatte keine Wahl.«

Da kam noch jemand ins Zimmer auch er rauchend. Es war Ramon..

»Ah Ramon, gut dass du kommst.«

Ramon sah mich an, auch er deutlich jünger, mit mehr Haaren und nicht so gebrochen.

»Du nimmst ihn unter deine Fittische. Das ist der kleine Slizitsky.«

Ramon stutzte: »Der is zu jung!«

»Ja, das ist er. Aber erkläre ihm doch einmal, dass er auch dazu zu jung war, dass du seinen Vater von hinten erschossen hast.«

»Du hast mich gezwungen.«

Mutter lachte: »Man hat immer eine Wahl.«

Als ich erwachte, sah ich in drei Gesichter, eines war schwarz. Ich erschrak und sah mich um: »Peter?«

»Hier is kein Peter. Tut mir leid, Kumpel!«, sagte der mit dem schwarzen Gesicht. Seine Zähne waren sehr, sehr weiß, noch weißer als bei Motti.

»Das hier ist Levi«, er zeigte auf einen Jungen mit heller Haut und hellen Augen, der eine Glatze hatte.

»Den hier nennen wir Snups.« Er versteht dich, redet aber nicht. Der Junge hatte rötliche Haare und sah mich interessiert an.

»Oh nein, er ist tot!« Alles, was auf der Straße zum Festland passiert war, fiel mir wieder ein, ich sackte vornüber und stützte den Kopf in die Hände.

»Tut mir leid, Kumpel. Ich bin übrigens Milo.« Der Schwarze legte seine erstaunlich große Hand auf meine Schulter: »Du hast da eine ganz schöne Beule. Tut s weh?«

Ich wollte mich nicht bewegen und tat es auch nicht. Ich wollte tot sein, so wie Peter tot war.

Milo schien das zu verstehen. Trotzdem empfahl er mir: »Es gibt bald was zu essen. An deiner Stelle würd ich hingehn. Du bist ziemlich verhungert. Nix für ungut.«

Irgendwann hörte ich einen Gong. In meinen Ohren war immer noch das Rauschen des Meeres. Aber hier roch ich kein Salz. Ich sah mich in dem Raum um: Die Wand bestand nur aus reinem Mauerwerk, die Fenster waren vergittert. Ich stellte mich auf das Bett, in dem ich gelegen hatte und umfasste die Gitter mit den Händen. Da war derselbe Mond. Doch wo war ich? War ich noch derselbe?

Da kam der stumme Snups und nahm mich am Arm. Ich wollte nicht, doch er zeigte durch die Tür, die offen stand und nahm die linke Hand mit Daumen und Zeigefinger zum Mund.

Wir kamen in einen recht großen, hell erleuchteten Saal, in dem vier lange Tische standen. An ihnen saßen etwa zwanzig Jungs. Die Jüngsten waren in meinem Alter, die Ältesten vielleicht achtzehn oder so.

Milo saß schon neben Levi. Er stand auf und zog mir einen Stuhl vor. Snups setzte mich darauf wie ein großes Stofftier. Der Tisch bog sich fast vor Essen. Es gab Fleisch und Gemüse und Süßkram. Ich hatte so etwas noch nie gesehen - auch nicht auf Mutters Tisch.

Ich machte große Augen. Alle waren am Spachteln, als ob es kein Morgen gäbe. Milo schob mir einen Teller mit Fleisch und Gemüse hin.

Ich kam aus dem Staunen gar nicht mehr raus:

»Wo zum Teufel bin ich hier?«

»Du bist in der Hölle, mein Bester. Aber das Essen ist verdammt gut!«

Der Duft von dem Fleisch stieg mir in die Nase und ich dachte an Peter:

»Das hätte ich dir gern gezeigt, mein Alter.«

Doch mein Magen kannte keine Trauer und ich griff die Keule des fettigen Geflügels, das vor mir lag. Erst aß ich langsam, es schmeckte ehrlich köstlich. Dann stopfte ich alles in mich hinein, bis ich beinahe kotzte.

»Willkommen im Atrium!«, sagte Levi mit vollem Mund.

Die Nacht war schwarz und kalt wie ein Tuch, das man über eine unheilvolle Angelegenheit gebreitet hat.

Am nächsten Morgen ertönte wieder der Gong und die Jungs sprangen aus den Betten. Sie wuschen sich und es gab ein Frühstück, das reichhaltig, jedoch nicht so opulent wie das Abendessen war.

Nach dem Frühstück gab Milo mir Sportklamotten, einen einfachen blauen Jogginganzug.

»Komm, wir trainieren im Hof!«, ergänzte er und nickte, nachdem ich mich umgezogen hatte.

Er wuschelte mir durch die Haare, die noch nicht viel Gelegenheit gehabt hatten sich von meine Ausflug ins Loch zu erholen: »Du bist irgendwie so zerrupft, Kumpel. Wir müssen dir mal die Haare schneiden. Du siehst aus, als wärest du in der Mauser.«, lachte er.

Der Hof, von dem Milo gesprochen hatte, war riesig. Um ihn herum erstreckten sich die Gebäude in einer quadratischen Anordnung. Es gab einen überdachten Säulengang in mediterranem Stil, von dem seitlich mehrere Nischen abgingen. In ihnen standen Bänke und große Kübel mit blühenden Pflanzen. Auch etliche Springbrunnen sprudelten und kleine, freche Vögel tranken an ihrem Wasser.

Die zwanzig Jungs standen im Hof in zwei Reihen, als ich und Milo kamen. Vor ihnen stand ein recht kleiner Asiate und verharrte in einer erwartungsvollen Position. Milo trat zu ihm: »Das ist der Neue!«

Milo schob mich vor den Trainer. Sein Gesicht war schmal und gelblich, er hatte einen spitzen Bart und seine schmalen Augen waren geschlossen. Seine Haare waren lang und fusselig und auf seinem oberen Kopf, hatte sich, wie bei vielen Männern mittleren Alters, eine runde Landebahn ausgebildet. Dies konnte ich erkennen, weil er seinen Kopf, wohl um mich zu begrüßen, gesenkt hielt.

»Er heißt Christo.«

Ich schielte auf den Asiaten, doch der reagierte nicht.

Milo nahm mich an der Schulter und zog mich neben sich.

»Das ist Meister Jin.«

Wir machten den ganzen Morgen Kampfsportübungen, in dem wir in die Luft kickten und Meister Jin seltsame Schrittfolgen nacharmten. Dabei bekleckerte ich mich nicht mit Ruhm und hinkte den anderen immer ein paar Schritte hinterher, was niemand zu stören schien.

Meister Jin redete kein Wort. Entweder er war wie Snups oder er war unserer Sprache nicht mächtig. Wenn ihm die Bewegung, die man machte, nicht gefiel, machte er ein Stoppzeichen mit der Hand und alle froren ein. Das erinnerte mich an ein Stoppspiel, was ich und Callisto als Kinder immer gespielt hatten. Ich grinste und bald spürte ich die Schlitzaugen des Meisters auf mir. Da kam mir aber auch schon in den Sinn, dass ich Callisto vielleicht niemals wieder sehen würde und ich schaute traurig. Meister Jin hatte meine Gemütswandlung beobachtet und einen kurzen Moment wich die Konzentration aus seinem Gesicht und es spiegelte eine Regung: Mitleid.

Zum Ende dieser ungewohnten Übungen war ich klatschnass geschwitzt. Nach dem Mittagessen gab es eine Ruhezeit und viele Jungs nutzten die zum Pennen. Auch Milo und ich waren unterwegs zu den Schlafräumen.

»Du, sag mal Milo. Was soll das eigentlich mit diesem Kampfsportding und wo bin ich hier eigentlich?«

Milo machte ein zerknautschtes Gesicht: »Das wirst du schon früh genug erfahren.«

»Sag du es mir doch und wenn du schon einmal dabei bist, sag mir wie ich hier herauskomme.«

Milo lachte bitter: »Du kommst nicht heraus. Ich kenne niemanden, der es je herausgeschafft hat.«

»Verarsch mich nicht! Es gibt immer einen Weg!«

»Nicht für dich!« Wir waren am Schlafsaal angekommen und mein Freund legte sich auf seinen Platz.

»Und überhaupt, was willst du denn draußen. Du machst mir gar nicht den Eindruck, als ob du schon jemals draußen gewesen warst. Was willst du also dort?«

»Ich will meine Freundin finden. Und ich will die Wahrheit.«

20. Ereignis

Es vergingen so etwa zwei Wochen und als die zweite Woche sich dem Ende zuneigte, hatte ich die Bewegungen des Meisters so ziemlich drauf.

Manchmal, wenn die Sonne tief über den Dächern stand und golden auf Jins Halbglatze fiel, hatte ich das Gefühl, er lächele. Aber er tat es wohl nicht wirklich.

Wir liefen auch, was ich ja aus Eden gewohnt war. Der Trainer hierfür war ein langer, dünner Typ und hieß Georg. Mit Georg liefen wir große Rundwege entlang der Gehöfte und das Korn stand in vollen Ähren. Hier war es warm, viel wärmer als in Eden. Ich vermisste den Salzgeruch, vermisste die Brandung und das Scheißwetter und holte mir freitags einen Sonnenbrand. Ich hatte mir die Haare nicht schneiden lassen und sie begannen sich über meiner Stirn zu kräuseln.

»Wo bist du nur, Callisto?«

Milo war ein wenig distanzierter geworden, so als habe er seine Aufgabe erfüllt. Vielleicht war er eine Art Babysitter oder so.

Georg kam zu mir: »Du rauchst?«, fragte er.

»Wenn ich kann!«

Er zündete eine für mich an und wir setzten uns abseits und beobachteten die Gruppe.

»Scheiße, läufst du gut!«

Das erinnerte mich stark an das, was Ramon immer gesagt hatte.

Ich nickte.

»Das wird dir morgen helfen!«

»Das hat schon einmal jemand zu mir gesagt. Bei was wird es mir helfen?«

»Beim Ereignis.«

»Was ist das und wann soll das beginnen?«

»Es ist jedes Mal etwas anders, aber es ist gefährlich und du musst kämpfen.«

»Ich will nicht kämpfen. Ich will zu meiner Mutter und zu meiner Freundin«, gab ich zu.

Georg sah mich bekümmert an: »Ich verstehe dich. Aber niemand fragt nach dem, was du willst - oder ich.«

Ich machte die Kippe aus. Plötzlich spürte ich große Wut.

»Das Problem ist das System und das ist nicht auf unserer Seite.«

Es war warm, wärmer als ich es gewohnt war. Ich hatte das Gefühl ein heißer Sommersturm käme auf uns zu.

Zwei Spatzen badeten in einer Schale unten am Springbrunnen. Ich schlug auf das Wasser und sie flogen auf.

»Es gibt immer einen Weg.«

Am Abend hatte ich nicht den Appetit wie die letzten Tage. Dann passierte etwas Merkwürdiges. Zwei Männer traten durch die Tür, den einen kannte ich, den anderen nicht.

Ich erschrak. Vor uns stand Solomon mit seinem Schlapphut und seinen Tattoos. Es fehlten nur noch die Hunde. Ich schaute auf meinen Teller und meinte doch seinen Blick zu spüren.

Neben ihm stand ein dicker Typ in einem Anzug. Ich hörte ein Gemurmel überall, dass dies der Don wäre.

»Männer!«, begann er und ich sah mich um, wo denn die wären.

»Männer, morgen ist es wieder so weit. Das Ereignis steht bevor. Für diejenigen, die in Furcht auf den nächsten Tag blicken, hat mein Freund hier eine Geheimwaffe. Solomon schüttelte eine Flasche mit schwarzen Perlen.« Der Don machte eine ausladende Geste und Solomon fasste sich an die Krempe seines Hutes und verbeugte sich.

»Aber seid guten Mutes, Freunde! Ihr alle habt eine reelle Chance und beim letzten Mal hatten wir keine Verluste. Also geht dort hinaus und zeigt ihnen aus welchem Holz ihr geschnitzt seid!«

Die Jungs hämmerten ihre Becher auf den Tisch und schrien. Milo verzog sein Gesicht zu einer angriffslustigen Grimasse und mir lief es kalt den Rücken runter. Eine Flasche mit einer giftig-grünen Flüssigkeit ging herum und viele gossen sich den Becher voll. Die Luft war erfüllt von falschen Illusionen und Alkoholgestank. Die Stimmung schäumte über.

Levi stimmte ein Kampflied an:

»Denn wir werden ewig leben,

sind so stark und auch verwegen.

Mögen den Gezeiten trotzen...

Alle Gegner könnten kotzen...

Jupp heida ei hussassa...!«

Der Einzige, der seinen Becher nicht zum Mund führte, war Snups. Seine hellen Augen sahen betrübt in die Runde.

Die Nacht war schwärzer, als die anderen Nächte gewesen waren. Ich fiel in ein tiefes Loch und konnte kaum glauben, dass mich jemand rief.

Erst war das Rufen leise. Dann wurde es immer lauter und eindringlicher: »Christo! Christo!«

Diesmal war es nicht meine Mutter. Es war eine Männerstimme. Ich schlug die Augen auf.

Snups stand neben mir und zupfte an meiner Decke.

»Was soll denn das? Hast du mich gerufen?«

Keine Antwort! Wie auch? Stattdessen zeigte er aufgeregt in Richtung Tür und zupfte noch einmal.

»Okay! Ist ja gut. Ich komme!«

Hier gab es fast keine Wachen. Heute war es besonders ruhig. Womöglich wäre es doch schlau gewesen, sich aus dem Staub zu machen. Wir gingen den Säulengang entlang und obwohl ich hier Schuhe hatte, wann immer ich es wollte, konnte ich mich nicht dran gewöhnen. Ich tappte barfuß über den Steinboden der Säulengänge.

Urplötzlich blieb Snups stehen und zog mich zurück. Er zeigte nach oben unter die Überdachung. Unter dem Regenrohr saß eine Linse. Ich ging ein Stück rückwärts und Snups ging vor. Er drückte sich nahe der Wand vorbei und war so im toten Winkel der Kamera.

Etwa zwanzig Meter links war eine unscheinbare Holztür in den Stein gelassen, die Snups aufdrückte. Wir sahen keine Menschenseele und Snups führte den Zeigefinger zum Mund.

Es ging eine steinerne Wendeltreppe hinunter. Tiefer und tiefer. War es oben lau gewesen, war es hier kälter als im Kühlschrank. Nun ging es geradeaus und mehrere Kammern führten vom Hauptweg ab. Rechts stapelten sich Fässer und Kasten. Links war eine Brettertür. Snups zog sie auf und wir standen in einem Kellerraum, der stark nach frischem Holz roch. Bei näherer Betrachtung bemerkte ich, dass das nicht nur irgendwelche Kisten waren. Ich ging näher heran, berührte das Holz, das augenscheinlich Kiefer war. Schließlich zuckte ich zusammen: Särge. Das waren Särge. Mir wurde schlecht.

An der Wand wartete ein einzelner Sarg. Er stand unter der Lampe. Die arme Glühbirne war auch hinter Gittern. Snups zog mich nahe heran. Er griff den Deckel, der sich mühelos hochheben ließ.

»Nein!«, schrie ich und erwartete Peter zu sehen. Doch er war es nicht. Es war ein Junge mit dunklen Haaren und Kratzern im Gesicht.

»Wieso zeigst du mir das? Willst du mich quälen?«, schrie ich Snups an.

Er schüttelte den Kopf und hob die Decke hoch, die den Körper des Toten umgab. Seine Bauchdecke fehlte fast vollständig. Ich sah blutige Gedärme und Organe die in einer roten Suppe schwammen.

»Scheiße!« Um mich drehte sich alles und das Abendessen kam mir hoch. Ich kotzte hinter einen der leeren Särge.

Ich brach zusammen.

»Was soll ich tun? Gott, was soll ich tun? Callisto ist weg und Peter ist tot und du zeigst mir einen halb aufgefressenen Jungen und leere Särge.«

»Du sollst mit mir zusammenarbeiten!«, meinte plötzlich eine wohlklingende Stimme.

»Wieso...?«

»Ja, ich kann sprechen, ich tue es nur nicht. Manchmal ist es besser zuzuhören. «

»Was ist mit ihm passiert? Ich zeigte in Richtung Sarg.«

»Na, der hat s hinter sich.«

»Aber er ist..., er wurde...«

»Ja, er wurde gefressen, jedenfalls so halb. Ich will nicht, dass uns das auch passiert. Denn das gehört zum Ereignis. Das Ereignis ist eigentlich nichts anderes, als eine Party für die Superreichen und dort wird gegafft und gewettet. Es fließen Unsummen. Solomon und Don, alle sind darin verwickelt.«

»Wetten auf was?«

»Na, zum Beispiel auf dich, du Schnellmerker!«

Mir wurde wieder schlecht.

»Es gibt einen Codex, Alter. Und der bedeutet so viel wie… jeder für sich. Das heißt niemand hilft dem anderen und keinem wird geholfen. Im Notfall, wenn wir gegeneinander antreten, bringen wir uns um.«

»Warum sagst du mir das?«

»Lass uns den Codex brechen! In der Arena sind Waffen versteckt. Sonst wäre das Spiel schnell aus. Ich weiß, wo. Doch ich bin wahrscheinlich zu langsam. Wenn Solomon einen Löwen auf uns loslässt, erreiche ich den Revolver nicht. Du aber schon.«

»Woher kennst du die Verstecke, Snups?«

Er dachte kurz nach: »Ich habe was mit Georg.«

»Waaas? Bist du…?«

»Ist doch scheißegal, was ich bin. Ich bin dein Freund! Bist du auch meiner?«

»Gebongt!« Ich schlug ein.

Morgens waren die Jungs sehr aufgeregt. Nur wenige rührten ihr Frühstück an und der Geräuschpegel war ziemlich hoch. Alle machten sich bereit und einige hatten diese schwarze Perle geschluckt.

Milo gab mir eine Perle. Ich sah kurz auf Snups, der schüttelte unmerklich den Kopf.

Die Perle lag groß und glänzend in meiner Hand wie ein Versprechen: »Ich heb sie mir für später auf.« Milo nickte.

Wir wurden alle in solche Vans, wie Solomon einen hatte, verfrachtet. Hier war es heiß und stickig und aus unerfindlichen Gründen hatte ich Callistos Gesicht, wie sie verschleppt wurde und um Hilfe schrie, vor Augen. Es gab kein Licht. Ich kam mir vor, wie in dem Loch, dass Jury für mich auserkoren hatte, nur dass hier so viel Betrieb war. Mir blieb die Luft weg und ich spürte meinen Puls im Hals. Jemand drückte meine Hand und das half mir. Es war Snups.

»In der Arena gibt es drei Podeste. Die Waffen sind auf ihnen - beziehungsweise an ihnen - versteckt. In der Arena wird ein Auto sein, eine Waffe liegt im Handschuhfach. Es gibt auch Überraschungsverstecke, die kennt Georg nicht. Am letzten Podest gibt es eine Machete, die man aus einem Geheimfach zieht. Leider hat noch niemals jemand diesen Code geknackt.«

So hatte Snups mich vorgewarnt.

»Deine Aufgabe ist es, die Waffen zu ergattern und mir den Rücken freizuhalten«, hatte er erklärt. »Aber pass auf! In der Regel haben die Pistolen nur zwei Patronen. Verschwende sie nicht!«

Wir fuhren nicht lange und dennoch fiel ich, wie so oft, in eine Art Halbschlaf.

Es war der Tag gewesen, als ich nach Eden gekommen war. Samantha hielt mich an der Hand und zog mich über den Gang wie einen kleinen Köter. Der Klang ihrer Stöckelschuhe hallte von den Wänden. Dann bog sie links in ein Zimmer ab. Ich blieb stehen und sie kniete sich vor einen riesigen, metallischen Kasten. Dort gab es eine Tastatur. Ich kannte die Zahlen nicht, doch ihre Position kam mir in den Sinn und sie gaben Geräusche von sich. Sie übersprang immer eine Zahl und hüpfte in die Zeile darunter. Am Ende machte sie das ganze rückwärts. Ich stand hinter ihr, weil ich nicht wusste, wohin. Meine Augen hefteten sich an jede ihrer Bewegungen.

Nun öffnete sich die runde Metalltür mit einem Puff und von innen erstrahlte Licht.

Im Inneren lag bündelweise Geld und Papier und eine Pillendose. Samantha hatte diese in die Hand genommen, da hörte ich Schritte. Sie zuckte zusammen und drehte sich um.

»Samantha! Was machst du da?«, fragte eine dunkle Stimme.

Sie nahm eine Pille heraus, ihre Hand zitterte: »Ich tue, was ich tun muss. Geso ist tot und ich will den alten Sack nicht heiraten.« Ihre Lippen waren sehr rot und ihr Augenmakeup vom Weinen verwischt. Ihre Hand war nicht mehr weit von ihrem Mund entfernt.

»Tu das nicht! Nimm das Zyankali mit und misch es dem Sack nach zwei Monaten in den Cognac. Dann sagst du, er wäre beim Sex abgenippelt und alles ist beim Alten.« Sie ließ die Hand sinken: »Meinst du?«

»Na klar, vertrau mir! Unsere Zeit wird kommen. Was ist mit dem Kleinen?«

»Ich soll ihn heute noch nach Eden bringen…«

Gabriel betrachtete mich eindringlich: »Er gleicht seinem Vater.«

»Ich sehe es«, keifte Samantha, »und ich kann es nicht ertragen.«

»Ich kann dich nicht traurig sehen, Cousine. Aber ich kann dir nicht helfen. Mutter will Lydia mit ihrem eigenen Kind erpressen…«

»Wo ist die alte Krähe?«

»Sie schläft«, antwortete Gabriel.

»Ich dachte, das Böse schläft nie.«

Wir kamen an. Das Atrium war ein altes Amphitheater, das moderne Anbauten hatte. Das Land war weit und es gab außer ein paar Häusern nichts Einprägsames im näheren Umfeld. Wir parkten auf einem Parkplatz, auf dem schon viele Autos standen. Weiter hinten gab es eine Baumreihe und darüber erhob sich eine Hügelkette. Der

Himmel war blau. Ich atmete ein und stutzte. Dann wurde ich geschubst: »Wird s bald?«

Bei der Gelegenheit sah ich mich um: Snups ging neben mir, Levi trottete zwei Reihen hinter uns und Milo war ganz zu Anfang. Vor der Tür drehte er sich um: »Na, alles klar? Bist du bereit?«

Seine Augen waren glasig.

Ich nickte.

Wir wurden in einen seltsamen Umkleideraum geführt. Hier war alles aus massivem Stein. Wir zogen uns um. Es waren komische Klamotten - die meisten aus Leder.

Ich entschied mich allerdings für eine leichte Stoffhose in braun und eine schwarze Lederweste ohne Arme. Denn ich glaubte in einer Lederhose zu langsam zu laufen.

Dann begann das Warten.

Ich nahm das Päckchen mit den Zündhölzern heraus, in welchem auch das Foto von meiner Mutter und mir steckte. Ich nahm eine Kippe in den Mund und schaute gedankenverloren auf die Rückseite des Päckchens, auf dem Buchstaben standen, die nur für andere einen Sinn ergaben, nur nicht für mich. Levi saß mir gegenüber und starte durch mich hindurch. Das Zündholz wollte nicht zünden. Da näherte sich mir eine Flamme. Der Junge neben mir, ich kannte ihn nur vom Sehen, hatte sein Feuerzeug angemacht und gab mir Feuer.

»Was hast du denn da?« Etwas widerwillig reichte ich ihm die Streichhölzer mit dem Foto.

Er betrachtete erst die Packung und zog das Foto heraus.

»Wer ist das?«, er hatte hellbraune Augen und einen Bartflaum über der Lippe.

»Das bin ich mit meiner Mutter!«

»Wer sagt das?«, hakte er nach.

»Na, das sieht man doch!«, meckerte ich.

»Ist sie dort?« Er drehte das Päckchen um und zeigte auf das abgebildete Gebäude.

Ich zog die Schultern hoch.

»Das ist nicht gut, Mann. Ich weiß, wo das ist.«

»Was? Ich schnappte ihn am Kragen seines schwarzen Lederoberteiles: »Wo?«

Er stotterte, weil er mit dem Angriff nicht gerechnet hatte: »E....e..ey! Bleib cool! Ich komme aus „Babylon“, das ist ein Camp nicht weit von hier. Dies ist ein Haus im Nachbarort. Es heißt „Villa Prima“. Manche denken, es wäre ein Hotel, aber in Wirklichkeit ist es ein Puff.«

In mir brannte unbändige Wut und ich zog fester zu: »Puff? Was ist das?«

Der Typ fing an zu husten und sagte nichts. Ich lockerte meinen Griff etwas.

»Was ist das?«

»Da bringen sie die Mädchen hin und die Kerle, die geil auf sie sind, bezahlen Geld für s....«

Ich schmiss ihn hin wie einen Müllsack und spuckte aus. Callisto und meine Mutter! Aber ob meine Mutter nach all den Jahren noch dort war und warum sollte sie überhaupt?

Milo lachte. Am liebsten hätte ich mich auf ihn gestürzt, aber das Gitter wurde hochgezogen.

Auf der einen Seite stand ein Muskelprotz, auf der anderen Solomon. Er lupfte seinen Hut: »Guten Tag die Herren!«

Die Jungs sagten nichts und gingen an ihm vorbei. Als ich an der Reihe war, hielt er mich auf. Er fasste mir an die Schulter. Sein Griff war kalt. »Diesmal wird es nicht so leicht zu sterben, kleiner Slizitsky!«

»Für dich oder für mich?«

Solomon lachte und ich hörte sein Lachen noch, als ich schon den Sand der Arena unter den Füßen spürte. Wir wurden von Wachen in die Mitte der Arena getrieben und plötzlich erschallten ohrenbetäubende Fanfaren. Zu unseren Füßen lagen runde, mit Leder überzogene Schilde. Einige Jungs hoben sie auf - ich nicht. Ich wollte erst einmal sehen, was da kam.

Das Adrenalin füllte meine Adern und ich zitterte. Snups stand an mich gelehnt und die Scheinwerfer sprangen an. Wir standen in einer Wolke aus gleisender Helligkeit und wussten, es würde bald um Leben und Tod gehen. Hinter der Helligkeit saßen Menschen auf den Rängen und ihre Blicken drückten uns fast zu Boden. Auch wenn sie nur hundert Meter von uns entfernt waren, so waren sie doch eigentlich in einer anderen Welt, denn wir waren keine Menschen für sie. Wir waren Vieh und sie zahlten für den Kick uns beim Sterben zuzusehen.

Ich konnte nichts erkennen. Meine Sinne waren aber geschärft und plötzlich vernahm ich einen Schreckenslaut aus hunderten Kehlen. Noch bevor ich das Tier erkannte, hörte ich es - das Raunen, das das Grauen ankündigt. Es machte ein Geräusch, sehr tief wie aus dem Abgrund einer schwarzen Seele.

Ich fragte mich aus welcher Richtung es kam und dann war da die Schnauze des Löwen. Drei Armlängen vor mir schälte sie sich aus dem Lichtnebel. Ich wich zurück. Doch ich kam nicht weit, alle drängten sich zusammen, denn aus der anderen Richtung kam auch ein Knurren. Sie jagten gemeinsam. Es war nicht nur einer. Ich wendete mich dahin, wo ich keinen Löwen vermutete und tauchte ab. Ich kroch auf dem Sand aus dieser Bedrängnis heraus. Der Löwe war nah. Er stank nach wildem Tier. Ich sah ihn einen Moment lang von unten und als er seine Augen zu mir drehte, lag ich still. Ich erwartete schon seine Zähne und seine Krallen. Doch er fixierte andere Ziele und war fort. Schnell rappelte ich mich auf. Es war ein heilloses Durcheinander. Alle schrien und liefen herum. Leider konnte ich in dem grellen Licht so gut wie gar nichts erkennen. Wie sollte ich so irgendein Podest finden? Alles war hell und grell. Konzentriere dich! Ich sah nach oben, erkannte die Scheinwerfer und hinter ihnen saßen hunderte anonymer Menschen. Da, etwa in der Mitte der Arena, erkannte ich oben über allem eine Art Turmspitze. Das wird es sein.

Da ertönte ein fürchterliches Brüllen und ein Schmerzensschrei, der mir durch Mark und Bein ging. *»Renn!«*, schrie jemand. Vielleicht einer der Zuschauer. Ich tat, was er verlangte, ich lief in die Richtung, in der ich das Podest vermutete. Alle hasteten, alle rannten, nur ich war schneller. Ich blendete die Geräusche aus und konzentrierte mich auf den Rhythmus meiner Füße. Das Licht war das Schlimmste. Es war seltsam. Scheinwerfer blendeten unbarmherzig, die Realität hatte sich in ihre winzigen Bestandteile aufgespalten, die alle durch die Luft schwebten und kein klares Bild mehr zuließen.

Vor mir lag etwas. Ich erkannte es im letzten Moment und sprang darüber. Es war einer der Jungs - leblos im Sand. Jedenfalls erkannte ich nun deutlich einen Turm, der sich etwa dreißig Meter vor mir erhob. Leider war es nicht, das einzige, was ich sah. Ein Schatten sprang aus dem Ungewissen. Es war nicht der Schatten eines Jungen. Er war groß und bewegte sich genau auf mich zu.

»Ich muss ausweichen. Schnell!«

Zu spät! Beinahe wäre ich mit dem Raubtier zusammengeknallt. Gott sei Dank war es in seiner Reaktion etwas zäh. Ich bückte mich und drehte mich gleichzeitig seitlich weg. Trotzdem erwischte es mich mit seiner Kralle und schlitzte mir die Lederweste unterm linken Arm auf.

Außerdem hatte ich das Gefühl, der Löwe setze mir nach. Zum Umdrehen hatte ich keine Zeit, denn ich war am Podest und suchte verzweifelt nach einer Möglichkeit hinauf zu gelangen. Das Ding war aus einem Metall, in das Rillen eingelassen waren. Vor meinen Augen ein Flimmern. Ich konnte nicht richtig sehen und begann wie wild an dem Ding herumzutasten. Eigentlich hatte ich mir oft gewünscht zu sterben. Aber ich dachte an den Jungen in dem Sarg und an die geleeartige Suppe, die dort war, wo sich eigentlich seine Eingeweide befinden sollten. Da wurde mir sowas von klar, dass ich das nicht erleben wollte. Endlich fand ich eine Einbuchtung und setzte meinen Fuß hinein.

Wo war dieser Scheißlöwe? Ich war viel zu langsam und obwohl ich nun noch eine Loch fand um hochzuklettern und noch eines, hatte ich eigentlich keine Chance.

Es tauchte aber kein Löwe auf. Nur mein Herz hämmerte in meinem Ohr.

Ich war beinahe oben. Da hörte ich eine Stimme: »Hilfe! Hilfe! Oh mein Gott!«

Ich wollte ja helfen. Doch wie nur? Kein Junge in meinem Alter hat eine Chance gegen solch eine Ausgeburt an Muskeln, Krallen und Blutdurst. Etwas stand aus dem Podest heraus. Es war kühl. Meine Hand schmiegte sich um einen Griff und ich spürte, dass er wackelte. Als ich einen einigermaßen festen Tritt hatte, zog ich daran. Es war eine Machete. Ich hatte zu viel Schwung verwendet, um das Teil aus der Wand zu ziehen und es blieb mir eigentlich nichts anderes übrig als herunterzuspringen. In meinem Rücken war der Schatten. Ich sah ihn nicht, aber ich spürte ihn und ich hörte das Gejammer des Jungen von vorhin.

»Ich helfe dir!«, hörte ich mich sagen.

Der Löwe umrundete uns. »Steh auf!«, schrie ich den Jungen an. In der einen Hand hatte ich die Machete, mit der anderen riss ich an seiner Lederkluft. Er bewegte sich. Das war schon mal gut. Leider bewegte sich der Löwe auch und das war schon einmal gar nicht gut. Er brüllte und ich wich zurück, dann machte er ein paar Sprünge in unsere Richtung. Mein Kumpel fing an zu schreien. Ich suchte einen festen Stand, ließ ihn los und hielt die Waffe in beiden Händen.

»Noch nicht!«, sagte ich mir.

Doch dann war der Schatten fast über mir und ich duckte mich unter ihm weg, um gleichzeitig die Klinge hochzureißen. Ich traf auf unerwartet hohen Widerstand und die Machete wurde weggeschleudert. Ich fiel nach hinten. Ein Fauchen.

Ich rappelte mich auf, wendete mich zu dem zitternden Jungen neben mir. »Wir haben keine Zeit! Wir müssen das Podest hoch.« Mit zitternden Fingern fand ich die verborgenen Kerben und schob ihn vor mir her: »Setz die Füße in die Löcher und gib Gas, sonst vergesse ich mich.«

»Ich kann nichts sehen!«, jammerte er.

»Du musst sie fühlen. Versuch dich zu beruhigen!« Ich spürte sein Schaudern, das ihn wie elektrisierenden Wellen umgab. Er schaffte es zwei Tritte hoch, die Löwen hörte ich nur von weitem. Ich war etwa eineinhalb Meter über dem Boden, da erschütterte ein Brüllen unter uns die Arena. Der Typ über mir schrie und wäre mir beinahe auf den Kopf gefallen.

»Mach! Mach!« Endlich bewegte sich diese Pissnelke und ich setzte ihm nach. Da spürte ich heißen Atem und einen Luftzug an meiner Fußsohle. Ich fing an in Panik zu schreien, mein Herz kam mir zum Hals raus. Der Löwe brüllte wütend, weil er mich verfehlt hatte. Ich feuerte den Kerl über mir an und irgendwie schafften wir es zusammen, bis zur Spitze. Ich bekam keine Luft mehr und musste mich oben auf den Rücken legen.

»Danke!«, sagte er. Ich drehte den Kopf und erkannte, dass es sich um den Typ handelte, den ich vorhin gerne umgebracht hätte.

»Schon okay!«, meinte ich ein bisschen angepisst: »Hier ist eine Waffe versteckt. Lass uns suchen!«

Wir tasteten den Boden ab. Leider nichts.

»Das kann nicht sein! Es muss eine geben!«

»Bist du dir sicher!«, hakte er nach.

Hier oben war die Sicht besser. Wir sahen über den Nebel unten hinweg, auch über die Schreie und das Chaos. Nun konnte ich die Menge der Zuschauer sehen und sogar ein paar Details erkennen.

Ich startete ein Experiment. Ich riss die Arme hoch. Sie jubelten.

»Meinst du die Löwen können hier hoch?«, fragte mein Leidensbruder.

»Ich weiß es nicht!«

»Und wenn wir einfach hier sitzen bleiben. Irgendwann muss das Gemetzel doch ein Ende haben.«

»Ich glaube das ist nicht Sinn des Spieles.«

Ich überblickte die Arena und sah am hinteren Ende etwas leuchten. So ähnlich wie eine Reklame am Straßenrand. »Das ist das Ziel. Da müssen wir hin.«

»Du, ich bleibe hier. Ich kann nicht mehr!«

»Das ist deine Entscheidung! Ich habe noch etwas vor.«

»Viel Glück!«, rief er und ich war schon fast unten.

21. Tod!

»Alpträume sind wie Fingerabdrücke. Sie sind bei jedem ein bisschen anders.«

Tatsächlich kannte ich mich damit aus. Ich nahm Luft und stellte mir vor, dass ich in einem meiner Alpträume festhing und meine Mutter rief:

»Renn!« und ich rannte.

Ich lief an Schemen vorbei, ich hörte Geräusche, die ich nicht hören wollte und ich redete mir ein, dass das alles nicht wirklich passierte.

Vier Schritte neben mir lag ein Löwe. Doch er ließ sich nicht beirren. Er fraß irgendetwas.

»Das ist nicht echt! Das passiert nicht wirklich!«

Ich wusste, wo ich hinsollte, vielleicht zu dem zweiten Podest, denn dort musste die Waffe sein, von der Snups gesprochen hatte.

Da war es. Schon tastete ich nach der Einbuchtung, um hochzuklettern. Da grollte Donner hinter mir.

Ich wollte mich nicht umdrehen. »Das ist nicht echt! Nicht echt...nicht echt!«

Ein Raunen im Publikum.

Sollte es das gewesen sein. Ich ließ mich auf die Knie fallen. Ich war so viel gelaufen in meinem kurzen Leben und ich war müde.

Ich fühlte den heißen Atem des Löwen in meinem verschwitzten Nacken.
Er stank nach Tod.

Dann brüllte er und ich machte mich klein und wartete auf das Ende.

»Entschuldige, Callisto! Ich wollte dich retten! Entschuldige, bitte, dass ich dich enttäuscht habe!«

Ich spürte die Spannung in der Luft. Er würde nun springen und es gab kein Zurück.

Dann... ein Knall! Ein dumpfer Aufprall.

Ich lag immer noch auf den Knien und hatte die Hände über dem Kopf verschränkt.

Snups stand neben mir. Ich starrte ihn an, als ob ich Gott persönlich träfe.

Er hatte eine Knarre in der Hand.

»Mensch Alter, komm! So war das aber nicht gemeint mit dem gegenseitig helfen. Du solltest mich doch retten.« Er zog mich hoch.

»Entschuldigung! Ich...«

»Schon klar! Laufen is halt doch nit alles! Du bist einfach noch zu grün hinter den Ohren! Lass uns gehen. Ich will mich hier ein für allemal verpissen und ich weiß auch schon wie.«

Ich konnte nichts sagen, mein Körper war mir fremd, in meinen Ohren rauschte ein Fluss.

»Weiter jetzt!«, schrie Snups mich an. »Wir nutzen das Chaos, das beim Finale entsteht und nehmen den Seitenausgang.«

Ich versuchte ihm zu folgen, aber etwas stimmte nicht. Mein Kopf dröhnte.

»Alter, mach kein Scheiß! Wenn du nicht kommst, lass ich dich hier.«

Er gab mir eine Ohrfeige und ich wachte auf.

Ich starrte ihn an.

»Hier an der Seite ist irgendwo ein Eingang und wir müssen ihn in den nächsten Minuten finden.«

»Woher?«

»Du glaubst gar nicht, was man beim Ficken so alles erfährt. Aber du siehst nicht aus, als ob du etwas davon verstehst.«

»Was passiert beim Finale?«, fragte ich verdattert.

»Sie fahren die Podeste runter und alle, die darauf verharrt haben, sind im Arsch!«

»Im Arsch sind wir doch sowieso!« Meine Beine gehorchten mir wieder. Snups rannte vor.

Wir bogen nach dem zweiten Podest links ab und hatten die Balustrade der Arena fast erreicht. Da wurde ich plötzlich ausgebremst. Jemand fasste meinen Knöchel. Ich war über einige Körper gesprungen, die am Boden lagen und hatte gar nicht gemerkt, dass einer davon noch nicht tot war. Es war Levi, der Junge mit der Glatze. Der Löwe hatte ihn schrecklich zugerichtet und er blutete aus dem Mund. Seine Augen baten mich bei ihm zu bleiben, baten zu warten und ihn zu halten, denn dass er das nicht überleben konnte war klar. Sein Brustkorb war aufgerissen.

»Levi, ich kann nicht… ich muss…es tut mir leid. Snups!«, schrie ich.

Snups kam zurück gerannt und warf einen missbilligenden Blick auf die Szene.

Dann nahm er die Pistole und schlug sie Levi auf den Kopf: »Mach s gut, da drüben!«

Er wandte sich zu mir: »Komm jetzt! Sonst lass ich dich echt hier«, er rannte weiter.

Ich starrte auf Levis Hand und öffnete sie. Dann schloss ich seine Augen. Ich holte Snups mühelos ein.

Tatsächlich fanden wir nach einigem Suchen eine kleine Tür, doch sie war verschlossen.

»Wie soll das jetzt gehen?«

»So!« Er hielt die Waffe an das Türschloss und drückte ab. Klingeln in meinen Ohren. Die Szene war tonlos. Wo vorher Gebrüll war, Pfeifen, Gegröle und Schmerz, war nun Stille.

Snups war weg. Ich wollte ihm gerade nachgehen, da stand, mit einem Mal Milo in meinem Weg.

»Wo willst du hin?«, fragte der Schwarze.

»Alter, ich mach die Flatter, was denkst du denn?«

»Das geht nicht! Ich bin für euch verantwortlich und Solomon hat mir versprochen, dass ich beim nächsten Mal die Rolle eines Aufsehers bekomme. Außerdem warst du gar nicht schlecht. Immerhin lebst du noch und die Leute wollen sicher auf dich wetten.«

Er hatte mich und ich wusste, ich hatte seinen schwarzen Muskeln nichts entgegen zu setzen.

Da aber sah ich hinter ihm einen massigen Schatten. Geschmeidig kam er näher. Die große Katze grummelte warnend. Milo drehte den Kopf. Das nutzte ich aus, biss in die Hand, mit der er mich hielt und trat ihm in den Bauch, wie ich es bei Meister Jin gelernt hatte. Er taumelte rückwärts und wurde vom gleißenden Scheinwerferlicht verschluckt.

Ich zog die Tür von innen zu. Nach der blendenden Helligkeit war es hier sehr dunkel und es dauerte eine Weile bis sich meine Augen daran gewöhnt hatten. Ich traute mich aber nicht stehen zu bleiben und tastete mich an der Wand entlang, weil ich Snups nicht verlieren wollte. Das hier war wohl ein Versorgungsschacht und er endete in einem Hauptgang.

Ich drückte mich nahe an die Wand: »Rechts oder links?«

Da hörte ich ein zartes Pfeifen. Ich sah Snups mit der Pistole winken und lief in den linken Gang.

»Wo bleibst du?«

»Ich hatte Ärger mit Milo.«

»Wollte er, dass du noch zum Kaffee bleibst?«

»So ähnlich!«

»Ich weiß nicht, wie wir hier rauskommen können«, gab Snups zu.

»Wie du weißt nicht….? Ich dachte Georg hätte…«

»Nein, hat er nicht. Er hat mir nur gesagt, wo die Waffen ungefähr sind, aber er will doch nicht, dass ich die Biege mache. Meinst du, er will seinen Gespielen verlieren?«

Ich schüttelte den Kopf: »Aber was sollen wir jetzt machen? Ich habe doch nicht die Löwen überlebt, um mich nun kaschen zu lassen.«

»Beruhige dich! Uns fällt schon was ein.«

Schwere Schritte auf dem Gang. Ich hörte Stimmen: »Tonio, is es rum?«

»Ja!«, antwortete eine Männerstimme. »Bin auf dem Weg zum Parkhaus. Viel Geld geflossen und viel Blut.«

Die Schritte kamen auf uns zu. Snups zog mich in eine Nische. Er kam immer näher. Ich hielt den Atem an. Ich machte die Augen zu, weil als Kind hatte das beim Versteckspielen noch immer geholfen. Es gab einen dumpfen Aufprall und einen Schreckenslaut. Snups hatte dem

Typ ein Bein gestellt und als der am Boden lag, schlug er ihm zweimal auf den Kopf. Ich sah ihn nur von hinten, er hatte eine Uniform an. Snups zog ihm die Jacke aus und auch das T-Shirt. Vor seinem Sturz hatte er eine Mütze getragen. Die und das grüne T- Shirt reichte mein Freund mir. Er selbst nahm sich die Jacke. Der Söldner war bewaffnet und Snups nahm seine kleine Halbautomatik und zog ihm einen Patronengurt ab.

»Ach Alter, ich steh auf die Scheiße! Beeil dich!« Irgendwo fiel eine Tür zu. Wir begannen den Gang entlang zu rennen.

Snups hielt etwas Kleines, Schwarzes hoch. Es war ein Autoschlüssel. »Er wollte zum Parkhaus. Also los!«

Tatsächlich kamen wir irgendwann zu einem Gang, der in einem Aufzug endete. Wir blieben in Beobachtungsposition und sahen zu wie ein Pulk Menschen den Aufzug betrat.

»So klappt das nicht!«, zischte Snups.

Ich zeigte in den Gang: »Da gibt es auch sicher ein Treppenhaus.«

Allerdings bevölkerten nun mehr und mehr Menschen, die scheinbar auf dem Heimweg waren, den Gang.

»Mann, oh Mann!«, sagte ein Typ in einem Anzug. »Wir haben gewonnen! War das nicht mega, wie der Kleine mit dem Löwen gekämpft hat? Ich wusste gleich, der hat s drauf!«

»Also ich kann das nicht sehen!«, sagte seine Begleitung , die mit Stöckelschuhen und Federboa an uns vorbei huschte.

»Jetzt!« Snups zog mich in die Menge.

Am Ende des Ganges kamen noch ein paar Söldner gegangen und wir taten, als wären wir auch so welche. Ich zog mir die Mütze tief in die Stirn und Snups schulterte das Gewehr und machte sich gerade. Tatsächlich fielen wir nicht weiter auf und fanden links ein Treppenhaus.

»Runter!«, befahl Snups und wir liefen die Treppen hinab. So kamen wir an eine Metalltür, die sehr schwer aufging.

»Hoffentlich ist die Batterie nicht leer. Snups zeigte auf den Schlüssel.«

Hier gab es ziemlich viele Autos, davon jede Menge Luxuskarossen. Wir kamen in einem hinteren Winkel der Garage an und konnten so ganz gut in Deckung bleiben.

Wann würden sie wohl unsere Flucht bemerken? Hoffentlich nicht so schnell. In diesem Teil des Parkhauses war noch nicht so viel los. Aber weiter vorne gingen schon einige Lichter an und Motoren brummten.

Snups ging langsam durch die Reihen und zeigte mit dem Schlüssel rechts und links, wobei er etwas gebückt blieb. Nichts geschah. Alle Limousinen blieben uns verschlossen. Langsam gingen wir weiter. Immer noch nichts.

Etwas weiter vorne stand eine Gruppe Menschen. Und es waren nicht irgendwelche Menschen. Ich erkannte Solomon mit seinem Hut und den dicken Don. Sie schüttelten zwei Besuchern die Hände. Ein paar aufgetakelte Tussis schauten zu.

Zwei Reihen hinter ihnen stand ein Jeep im Camouflagelook.

»Da!«, flüsterte ich und zeigte auf den Wagen.

Wir schlichen nun zwischen den Autoreihen von hinten heran und als Snups den Schlüssel auf den Jeep richtete, da funzte es und blinkte. Solomon drehte nur kurz den Kopf.

Snups zog die Tür auf und wir stiegen immer noch gebückt ein.

»Kannst du fahren?«, fragte ich.

Snups beugte sich über das Armaturenbrett und machte ein zerknirschtes Gesicht: »Hm, nicht so wirklich! Aber ich bin bei der Ernte mal Trecker gefahren.«

Er reichte mir das Gewehr und drückte einen Schalter.

»Entsichert! Wenn uns einer dumm kommt, dann ziehst du hier dran.«

Snups zeigte mit dem Zeigefinger auf einen Abzug. Ich nickte zögernd.

Er drehte den Schlüssel und holte tief Luft. Dann schob er den großen Hebel in der Mitte etwas zurück.

»Zurück für rückwärts.« Das Auto rollte rückwärts.

»Logisch!«

»Vor für vorwärts!«

Er schob den Hebel vor und fuhr vorwärts. Nur ein einziges Mal ruckelte der Wagen, doch niemand wurde aufmerksam.

Solomon, Don und der Rest der feinen Gesellschaft verschwanden im Rückspiegel.

»Gar nicht so schwer!«, meinte Snups.

Leider hatten wir bald ein neues Problem. Wir standen am Ausgang im Stau. Und die vor uns steckten alle so eine Karte in einen Automatenschlitz. So etwas hatten wir aber nicht.

Snups durchwühlte die Jacke. Ein Päckchen Kippen, Kleingeld, ein Feuerzeug, sonst nichts.

Ich nahm eine Kippe, meine Hände zitterten.

Vor uns ging die Schranke auf und zu. Wir waren die nächsten. Snups machte ein nachdenkliches Gesicht. Der vor uns fuhr die kleine Böschung hinauf. Mein Kumpel sah aus, als würde er zählen. Ich blies den Rauch aus. Hinter uns begann ein Hupkonzert.

Ohne Vorwarnung trat Snups aufs Gas. Das Auto machte einen Satz, wir knallten gegen die Schranke und rissen sie ab. Dann schossen wir die Böschung hinauf. Snups nahm den Bordstein mit und wir rasten die nächtliche Straße entlang.

»Alter, cooler Scheiß! Wir fahren«, rief Snups begeistert.

Mir war beim Aufprall mit der Schranke, die Kippe aus dem Mund gefallen. Ich suchte sie im Fußraum und als ich sie fand, steckte ich sie meinem Kumpel in den Mund.

Hinter uns ging plötzlich eine Sirene los, aber auch Solomon und der Don konnten nicht über den Stau fliegen.

»Hast du irgendeinen Wunsch?«

Ich nickte: »Villa Prima!«

22. Rettung

Während Snups fuhr, grübelte ich, wie ich Callisto da herausholen sollte. Ob meine Mutter dort war? Allerdings war viel Zeit vergangen und sicherlich wurden die Mädchen und Frauen gut bewacht.

Snups qualmte schon wieder, das Auto geriet ins Schlingern.

»Hey!«, machte ich.

»Ich glaube, ich brauche eine Pause!«, gab mein Kumpel zu und gähnte.

Wir bogen in einen Feldweg ein. Eine Reihe Bäume verdeckte die Sicht und so waren wir gut getarnt.

»Ich hab so Durst!«, jammerte Snups. Ich öffnete die Plane zum Laderaum. Da lag ein Koffer, eine Reisetasche und ein Plastikkorb. In dem Korb stand eine Flasche anscheinend mit dunklem Alkohol und eine Plastikflasche mit brauner Limonade oder so.

Ich wühlte noch ein bisschen tiefer, in dem Plastikkorb herum. Unten drin lag eine Wolldecke und darauf drei Schokoriegel.

»Na, supi!«, Snups schaute mir über die Schulter.

Zielstrebig griff er sich die Glasflasche: »Das teure Zeug! Komm zu Papa!«

Ich teilte den einen Schokoriegel in der Mitte und gab Snups noch einen in der Packung, dann setzten wir uns auf die Sitze und beobachteten wie die Sonne über dem Feld unterging.

»Du könntest so tun, als ob du n Freier wärest, dann kämst du schon rein in den Laden«, lallte Snups nach einer Weile. Er reichte mir die Flasche.

Ich nahm noch einen Schluck und noch einen, der letzte brannte im Hals: »Meinst du nicht, wir sind noch zu jung?«

Snups zuckte die Schulter: »Oder wir sagen, wir hätten ei…ne… Lie…fer…. eine … Lieferung.«

Der Schnaps tat seine Wirkung, mir war auch schon ganz duselig. Aber mein Kumpel hatte mehr getrunken und er kippte zur Seite und schnarchte.

Ich rüttelte ihn ein wenig an der Schulter: »Snups? Snuuups! Was meinst du?«

Er machte die Augen auf: »Lass mich rein! Die Post ist da!« Kurz darauf waren seine Augen wieder geschlossen. Ich deckte ihn mit der geklauten Jacke zu und wand die Flasche aus seiner Hand. Ich selbst kletterte in den Laderaum und wickelte mich in die Decke. Da war ein Guckloch in der Plane. Ich sah die Sterne und hoffte, dass Callisto sie auch sehen könnte.

Ich hatte lange nicht an Leni gedacht und nun kam mir ihr Bild verschwommen in den Sinn.

Callisto hingegen sah ich klar - ihre verfilzten Zöpfe, die weißen Zähne und ihre blauen Augen. Mit dem Gedanken an sie, schlief ich ein.

Als ich wach wurde, stand die Sonne hoch, die Vögel zwitscherten und Snups war weg.

Ich sprang auf und war gleich aus dem Auto. Ich fand ihn an einem Bach, der den Feldweg eingrenzte. Er kniete, als betete er und schüttete sich mit den Handflächen Wasser ins Genick.

»Ey Alter, mein Kopf!« Er ließ sich einfach nach hinten umfallen.

Jetzt, wo er es sagte, war es mir auch ganz schön übel. Ich legte mich neben ihn.

»Ich dachte eben du wärst weg«, gestand ich.

»Wäre das schlimm?«

»Irgendwie hatte ich Angst bekommen.« Ich griff seine Hand.

»Und mit mir hast du keine Angst?«

»Weniger.«

Ich sah ihn nicht an, aber ich wusste, dass er grinste.

Mittags fuhren wir weiter.

»Weißt du eigentlich wo diese Villa Prima ist.«

»Nicht ganz, aber ungefähr.«, antwortete Snups.

»Motti hat gemeint, sie tun uns was ins Wasser, damit wir alles, was war vergessen.«

»Kann sein.«

Snups hielt an einer Kreuzung: »Jetzt weiß ich nicht, ob rechts oder links.«

»Fahr links!« Er bog links ein. Wir fuhren durch ein Dorf. Eine Alte trug eine Tasche aus der Salat heraus guckte. Snups hielt: »Frag halt mal!«

Ich stieg aus und sagte: »Können Sie mir sagen, wo das ist?«

Ich hielt ihr das Zündholzpäckchen unter die Nase, auf der das Bild des Hotels war. Sie zögerte einen Moment, dann zuckte sie zusammen und fasste das Kruzifix an ihrem Hals. Sie bekreuzigte sich.

»Wo?«, wiederholte ich. Ihre grauen, kleinen Augen fesselten mich. Endlich zeigte sie in die Richtung, aus der wir gekommen waren. Sie nahm ihre Tasche und ließ mich stehen.

»Es war doch rechts!«, rief ich Snups zu.

Es war schon später Nachmittag und der Tag war mit Cruisen und Versuch und Irrtum vergangen. Es wurde immer dunkler und es dauerte ewig bis wir das Haus gefunden hatten.

Wir parkten abseits und beobachteten. Wir sahen Leute kommen und gehen. Bei Autos gingen die Lampen an und sie fuhren los, andere parkten ein.

»Alter, ich hab so Kohldampf. Die haben bestimmt was zu essen, da drin«, meinte Snups.

»Hm! Ich schaue mir mal die Tasche noch einmal an. Vielleicht können wir so tun, als ob wir was liefern.«

»Was zu essen?«

»Weiß nit!«

In der Reisetasche waren Klamotten, die waren allesamt schwarz. Das brachte uns nicht weiter. Außerdem war da eine Brieftasche mit einigen Scheinen und einem Ausweis mit dem Gesicht des Typen, dem das Auto gehörte. Da hatte er die Haare kürzer. Ganz unten in der Tasche lag eine Pistole mit Gurt. Sie war so schwarz wie die Klamotten über ihr und lag gut in meiner Hand.

»Ey, Glückwunsch! Wer es findet, darf es behalten!«, Snups grinste.

»Dann lass uns mal nachschauen!«

Wir schlichen über den Parkplatz und umrundeten das Haus.

Die Dunkelheit war unser Freund und wir hatten auch neue Freunde aus Metall dabei.

Im Hinterhof gab es zwei eiserne Türen und mehrere Container. Wir schielten um die Ecke. Leute mit weißen Mützen und Schürzen leerten Eimer in die Container aus. Scheinbar war in der Nähe die Küche.

»Essen, Christo! Siehst du?« Ich hörte Snups Bauch röhren wie ein altes Heizungsrohr.

»Ja, ich sehe es, aber ich habe nicht vor mich hier häuslich einzurichten und ein Dinner einzunehmen.«

»Ach, nur ein bisschen Essen im Vorbeigehen, würd mir schon reichen.«

Ich knurrte, die Tür ging auf und einer ging zum Container.

»Ich hab ne Idee!«

Wir schlichen gebückt über den Parkplatz und postierten uns hinter dem Abfall. Es dauerte leider ziemlich lang. Snups fummelte im Schutze einer Nische mit der Halbautomatik herum.

»Alter, ich lieb das Teil!«

»Ist es ein Mädchen oder ein Junge?«, foppte ich ihn.

»Das geht dich gar nichts an!«

Er richtete den Lauf auf mich und sah mich böse an.

»Hey, bleib locker!«

»Ich hab nie gesagt, dass ich schwul wäre.« Er ließ die Knarre sinken.

»Aber du... bist es, oder wie?«

»Oder wie? Oder wie? Das war doch nur zum Überleben. Verstehst du mich nicht?« Er vollführte nervöse Zuckungen mit der Waffe.

»Doch ich versteh dich! Schwamm drüber!«

Dann trat mir jemand auf den Fuß. Ich zuckte zusammen. Als ich an mir heruntersah, saß eine dicke, braune Ratte auf meinem Turnschuh, die guckte mich an. Snups sah sie, seine Augen weiteten sich. Ich war wie erstarrt.

»Ich helf dir, halt ruhig!« Er nahm meinen Fuß ins Visier.

»Ha, nein! Lass das!« Ich schüttelte meinen Fuß wie wild. Die Ratte klammerte sich fest.

»Snups, du bist total durchgeknallt. Wenn du mir in den Fuß schießt, bringe ich dich um!«

Die Ratte sprang endlich herunter und rannte fiepend davon.

»Ach Entschuldigung Mister Neunmalklug, Herr Superläufer. Wäre ja n Jammer, wenn der Superchampion nicht mehr rennen könnte. Na klar, dass ich durchgeknallt bin! Um Sie zu erinnern, Herr Champion: Ohne meine Schießkünste wären Sie schon tot! Hat ja in der Arena gar nicht so viel gebracht mit der Lauferei.«

Snups war beleidigt und ließ die Knarre sinken. Die Ratte machte eine Pause und flitzte dann quer über den Hof in Richtung Tür. Im letzten Moment bog sie ab, denn nun ging die Tür auf und ein Lichtkegel floss über den Boden.

Ich hielt den Zeigefinger an den Mund und mein Kumpel drückte sich widerwillig gegen die geriffelte Containerwand. Wir hörten ein Pfeifen und Schritte, die näher kamen. Ich hielt den Atem an.

Als ich die Spitze des Abfalleimers sah, den der Typ trug, schrie ich: »Jeronimo!«

Wir stürmten aus der Deckung ich sah nur einen kurzen Augenblick ein schmales, entsetztes Gesicht. Ich nahm den Mann im Nacken, drehte mich und haute ihn mit voller Wucht gegen das Metall hinter uns. Er sackte sofort bewusstlos zusammen. Die Abfälle verteilten sich am Boden.

Der junge Mann hatte längere Haare. Sein Käppi war ihm heruntergefallen. Snups kam und schlug ihm den Knauf seiner Halbautomatik auf den Hinterkopf.

»Snups?!«

»Nur zur Vorsicht!«

Ich sah mich auf dem Hof um. In einer Ecke lagen Kabel und Reifen. Ich schnappte mir das Kabel und fesselte dem Bewusstlosen die Hände auf den Rücken. Zuvor entledigte ich ihn um eine Schürze und einen Kittel in weiß. Snups nahm den Kittel - ich Schürze und Kappe.

»Vom Soldat zum Küchenjungen! Find ich jetz nicht so n dollen Werdegang!«, murrte mein Kumpel.

»Sieh es positiv! So bist du immer in der Nähe des Futtertroges.

Wir zerrten den Kerl in die hinterste Ecke, so dass er vom Müllcontainer verdeckt wurde. Dann schlüpften wir unbehelligt in die Hintertür.

Der Flur war hell erleuchtet und das Geschepper verriet unzweifelhaft, wo sich die Küche befand. Einer mit Kochmütze kam uns entgegen. Wir taten, als ob wir miteinander redeten und huschten an ihm vorbei. Als wir schon fast die nächste Zwischentür erreicht hatten, rief er nach uns: »Hey, macht ihr etwa schon Pause?«

»Nur eine geraucht!«, entgegnete Snups.

»Ne, ne kommt man rum! Die Bestellung muss noch hoch. Also, pronto!«

Ich wusste nicht, was ich tun sollte, entschied mich aber irrationalerweise zur Umkehr.

Mein Kumpel folgte mir.

Der Koch beäugte uns misstrauisch. Ich begann zu schwitzen.

»Ich kenne euch gar nicht. Seid ihr ausgeliehen?«

»Ja, ausgeliehen!«, brummte Snups. »Sind normal im Atrium, aber der Don meinte, is am Wochenende viel los hier.«

»Da hat er recht. Endlich kommt er meiner Bitte nach. Hat Philipp euch eingewiesen?«

»Genau!«, bestätigte Snups. Ich konnte nur nicken.

Der Koch drückte mir eine laminierte Karte in die Hand, auf der ein Barcode zu sehen war.

»Das da hinten…«, er zeigte auf einen Servierwagen mit einer Art Metalldeckel darauf. »Das geht in die zweihundertvierzehn. Das andere hintendran in die zweihundertzwanzig. Aber nicht mit den Mädels anbändeln!«, er lachte.

Ich lachte gezwungen.

»Woher denn?«, meinte mein Kumpel cool.

»Ach, die Karte ist für den Lastenaufzug. Sonst geht der nicht.«

Wir schoben brav die Wagen vor uns her. Wenn uns jemand entgegen kam, grüßten wir knapp. Die Pistole steckte über meinem Arsch im Gürtel und ich hoffte, dass sie dort bliebe und nicht rausfiele oder losging.

Wir kamen in ein Foyer, viele aufgetakelte Leute liefen hier herum. Es gab eine Bar und Sitzecken, in denen man was trinken konnte. Das Licht war gedimmt und das war auch besser so.

Denn nun, wo ich stur nach unten schauen musste, fiel mir auf, dass ich mit meinen schwarzen Fingernägeln nie als Kellner durchgehen könnte. Außerdem war ich ja barfuß wie immer. Aber mit der langen Hose und wenn ich mich nahe an dem Wagen hielt, könnte ich Glück haben.

Es gab links zwei schmalere Aufzüge und rechts einen breiteren. Snups drückte auf den Knopf, um ihn zu rufen. Während wir warteten, schaute ich mich unauffällig um. Am hinteren Ende des Foyers befand sich eine Drehtür, durch die stetig Leute rein und raus gingen.

Auf einmal fielen meine Augen auf zwei besonders hochhackige Schuhe, in denen besonders hübsche Beine steckten. Meine Augen wanderten hoch. Doch mein Herz wusste schon vorher, was jetzt käme: Samantha!

»Ach du Scheiße! Snups? Snups?«, flüsterte ich.

»Was isn?«

»Da hinten kommt Samantha! Wenn die mich erkennt, ist alles aus!«

»Samantha? Welche Samantha?«

»Die is aus Eden und ein Arsch und ein Hintern mit Mutter. Dreh dich bloß nicht um!«

Aber er tat es natürlich trotzdem.

»Oh hallo, schöne Frau!«, stellte Snups fest.

»Ja, schön böse! Hoffentlich kommt das Scheißding gleich.« Ich ließ meine Finger nervös gegen die Metalltür teppern.

»Wir haben s gleich. Der is im Dritten und kommt runter.«

Samantha stakste durch die Halle. Ich konnte meinen Blick nicht von ihr nehmen. Sie war wie ein Unfall, selbst wenn man nicht hinschauen wollte, tat man es doch.

Da hatte ich auf einmal das Gefühl, dass sie stutzte. Sie beschleunigte ihren Schritt und ich sah zur Aufzugtür.

Da kam ihr allerdings ein Mann in die Quere, der ihr hingebungsvoll die Hand küsste. Vor mir machte es blink. Da hatte sie den Typ schon abgeschüttelt und ich war verdutzt, wie schnell man auf solchen Hacken laufen konnte.

Unendlich langsam gingen die Türen auf. Ich schob den Wagen und sah stur zur Wand.

»Die Zwei! Die Zwei!«, zischte ich zu Snups. Langsam schob sich Metall vor den Eingang. Samantha hatte uns beinahe erreicht. Aber dann war sie doch einen Tick zu spät. Ich atmete auf.

»Hat sie dich erkannt?«, fragte mein Freund.

»Ich weiß es nicht! Vielleicht!«

»Wenn ja, dann sollten wir uns beeilen. Die ersticht uns sonst noch mit einem ihrer Latschen«, Snups lachte.

»Ohne Scheiß! Die Alte is gefährlich. Das kannste mir wohl glauben. Sie ist der Grund, warum ich hier bin. Sie hat mich von meiner Mutter weg in die Scheiße geholt.«

Snups nickte und hob unauffällig die Metallabdeckung von dem Essen. Da lag ein Steak, Bohnen und Kartoffeln. Und es dampfte.

»Alter, ich kann nicht mehr. Bitte, lass uns den Aufzug anhalten. Ich verhungere.«

»Nein, ich muss Callisto suchen. Jetzt oder nie! Ich habe es ihr versprochen.«

»Und du hältst deine Versprechen immer?«

»Das ist das Wichtigste«, ich dachte nach. »Sie ist das Wichtigste, was ich je hatte. Aber als ich sie hatte, habe ich das nicht gewusst. Verstehst du?«

Es machte wieder blink, Snups ließ die Abdeckung sinken und ich sah, dass es ihm schwer viel, sehr schwer. In diesem Gang lag roter Teppich und rechts und links waren Zimmertüren.

Wir schoben bedächtig die Wagen voran. »Das sind ja mindestens zwanzig. Wie soll ich sie da bloß finden?«

»Wie man alles andere auch macht - mit Ignoranz natürlich.« Mein Kumpel klopfte ans nächstbeste Zimmer: »Zimmerservice!« Kurz darauf riss er die Tür auf. Zwei Mädchen lagen leichtbekleidet auf dem Bett. Die eine zart und durchscheinend wie eine Elfe, die andere robuster mit dunklen Locken.

Sie erschraken und richteten sich auf.

»Ist sie dabei?«, wollte Snups wissen.

Ein dicker, mittelalter Mann kam aus dem Bad. Die Mädchen zogen ängstlich die Decke hoch. Der Typ hatte ein Handtuch um seinen Bierbauch gewickelt und sonst nichts an.

»Hey!«, schrie er Snups an. »Was soll das?«

Snups sah betreten nach unten: »Entschuldigung! Haben sie ein blaues Auge bestellt?«

Noch bevor der Specki reagieren konnte, haute er ihm einen Haken voll auf die zwölf.

Er fiel mit einem großen Rums um. »Immer wieder gern!« Snups schlug die Hacken zusammen.

Die Mädchen begannen zu schreien. Ich versuchte sie zu beruhigen: »Bitte nicht schreien, wir suchen jemand... ein Mädchen Callisto.«

Ich zeigte ihre ungefähre Größe mit der Hand. Sie sahen mich interessiert an, verstanden aber nicht.

Da kam mein Freund ins Spiel: »Haut am besten ab!« Sie starrten ihn an.

»Ey Christo, ich glaub die sind nicht von hier.«

»Glaub ich auch.«

»Ihr sollt laufen. Immer laufen, so wie mein Kumpel hier.« Er gab sich alle Mühe und lief auf der Stelle. Die Mädchen fingen an zu kichern. Snups zog eine der beiden hoch: »Zieh dir was an und mach die Biege!«

Er schubste sie Richtung Tür. Sie sah ihn traurig an. Snups griff ihr unters Kinn und dann machte er etwas Unerwartetes. Er küsste sie. »Ich will dir helfen, Schatzi. Verstehst du?«

»Snups, wir müssen!«

»Verstehst du?«, sagte die Blonde.

»Christo, wenn ich schon nix zu essen kriege, will ich sie mitnehmen.«

»Komm gar nicht in Frage!«

»Aber sie ist so hübsch. Warum darfst du ein Mädchen retten und ich nicht?«

»Weil.... weil...«, mir fiel nichts ein, »ach, vergiss es!«

Snups war die Tür draus, samt Mädchen und dem Wagen mit dem Steak.

Wir zogen die Nummer an der nächsten Tür genauso ab. Die waren aber gerade bei der Sache. »Ist sie das?«

»Nein!« Tür zu. Nächstes Zimmer: Da saßen drei Mädchen an einem runden Tisch. Sie hatten Sektgläser vor sich und eine Asiatin zog mit einem Röhrchen in der Nase ein weißes Pulver von der Tischplatte.

»Ich suche meine Freundin. Sie heißt Callisto und sie ist klein und wuschelig und ich will sie wiederhaben.« Die Asiatin wischte sich die Nase ab.

Eine etwas ältere Frau mit roten Locken kam auf mich zu. Sie nippte an ihrem Glas: »Du hast schon ne Freundin.?« Ich nickte.
»Und du willst sie zurückholen?« Ich nickte wieder.

»Respekt! Ich habe sie gesehn. Die kleine Wildkatze mit den Dreadlocks?«

»Ja, das ist Callisto.«

»Sie ist in dem hintersten Zimmer, dem mit dem Yakusi. Sei aber vorsichtig, dort hat der Don höchstpersönlich die Finger im Spiel.«

»Is gebongt.« Ich sah mich um. Snups hatte das Steak in der Hand und biss ab. Ich schlug mir die Hand an die Stirn. »Was? Solange ihr redet, esse ich schon mal.«
Dann fiel mir etwas ein. Ich kramte, das Foto mit mir und meiner Mutter heraus und hielt es der Rothaarigen hin. »Kennen sie die auch?« Sie sah vom Bild auf mich und wieder zurück. »Das ist ja hier«, stellte sie fest. Ich nickte. »Aber sie ist nicht hier.«
»Trotzdem danke!« »Viel Glück!«

Aus dem hintersten, linken Zimmer kam ein bulliger Kerl mit einem schwarzen Hemd. Wir taten so, als warteten wir auf den Aufzug. Er ging ins gegenüberliegende Zimmer.

»Ist das Yakusiding links oder rechts?« Snups zog die Schultern hoch und lächelte die Blonde an, die er immer noch an der Hand hielt. Sie lächelte auch. »Sie liebt mich.«

»Ja, natürlich. Lass sie draußen, wenn es unschön wird - da drin.«

Mein Freund bedeutete seiner Begleitung sich unten in den Servierwagen zu quetschen. Er zog eine Decke von einem Tischchen und deckte sie als Sichtschutz darauf. »Ich muss schnell die Welt retten!« Er zeigte ihr seine Waffe und öffnete dann leise die Tür.

Ich spähte durch den Schlitz. Niemand war in dem Raum. Es gab einen Erker und eine tolle Aussicht. Neben dem Tisch stand eine imposante Couch. Hätte ich nicht gewusst, was dies für ein grauenvoller Ort war, hätte es sich hier schon aushalten lassen. Wir schlichen in die Mitte des Raumes. Von hier aus, sah man den Parkplatz und den Wald.

Wir waren fast an der zweiten Zimmertür angelangt, als sie sich wie von Geisterhand öffnete.

Mir fuhr der Schreck in Mark und Bein. Vor mir stand Samantha. Sie hatte Callisto im Schwitzkasten. Meine Freundin sah durch mich hindurch, war gar nicht richtig bei sich.

»Suchst du das hier?«

»Ja, das suche ich.«, gab ich nach dem ersten Schreck zu.

Sie hatte ein Cuttermesser in der Hand: »Ich verpasse ihr mal einen ganz anderen Schnitt.« Sie lachte bitter.

»Du hast mich erkannt?«, fragte ich meine Peinigerin.

»Ja, ich würde dich unter Zehntausend erkennen. Du siehst deinem Vater sehr ähnlich. Du hast seine Augen, seinen Blick und du bewegst dich sogar wie er.« Samanthas Lippen begannen zu zittern. Ihre Augen wurden nass.

»Hattest du was mit meinem Vater?«

Sie schüttelte ihren schönen Kopf: »Ich habe ihn geliebt. Weißt du wie es ist, jemanden zu lieben.«

»Ja!«, gestand ich. »Denn ich liebe dieses Mädchen wie mein Leben und ich bin durch die Hölle gegangen, um sie zu finden.« In Callistos

Augen traten Tränen. Da ging die Tür auf. Der bullige Typ von vorhin stand hinter uns und hielt Snups eine Kanone an die Schläfe.

»Soll ich hier Schluss machen, Boss?«, fragte er Samantha.

»Warte noch, Tacco! Ich habe noch etwas zu klären.« Snups ließ die Waffe sinken und der Bulle nahm sie an sich.

»Ich weiß nicht, wieso er Lydia mehr liebte, als mich. Er hätte die Familie nicht verlassen dürfen und dann wurde sie schwanger und du wurdest geboren. Die Bullen nahmen unsere Geschäfte aufs Korn und ich wusste, er musste es gewesen sein. Er musste gesungen haben, um sich mit dieser Schlampe ein neues Leben aufzubauen. Und du warst da und ich wusste ich hatte verloren. Mutter tobte. Immer noch wollte ich ihn schützen. Doch sie ist unbarmherzig. Sie forderte von Ramon eine Schuld, die der nie würde begleichen können und deshalb musste er für sie Geso erschießen.

Mein Herz zerriss mit diesem Schuss. Aber ich musste in die Kirche gehen, musste mich von der Liebe meines Lebens verabschieden. Lydia hatte alles verloren bis auf dich. Sie hatte Gesos Kind und … und ich nahm dich ihr weg.« Sie begann hysterisch zu lachen und drückte das Messer gefährlich an Callistos Hals. Ich sah Blut.

»Du kannst mich umbringen. Lass sie gehen!«

»Du würdest für sie sterben?«

»Ja.«

Samantha weinte und lachte ein wenig.

»Soll ich jetzt, Boss?«, fragte Tacco.

»Warte, verdammt noch mal, du Urvieh!«

»Und ich musste dich jeden Tag sehen, Christo! Oder soll ich dich Luca nennen? Jeden verfluchten Tag! Wenn sie dich bestraften oder wenn du rebellisch warst. Wenn sie dich peitschten und anketteten, dann litt ich. Denn ich sah Geso. Und ich konnte ihm nicht helfen?«

Da wurde die Tür aufgerissen. Die Blonde stand da in ihrem durchsichtigen Topp und verkündete beiden einzigen Worte, die sie auf Deutsch konnte: »Verstehst du?«

Dann ging alles ganz schnell: Tacco drehte sich um. Diese Gelegenheit nutzte Snups ihm voll mit dem Knie in die Eier zu treten. Als ihm die Augen hervortraten und er sich vornüberbeugte, drehte er Taccos Hand samt Waffe in Richtung seiner aufgepumpten Brust.

Er schob seinen Finger über Taccos und zog den Abzug.

Der Knall war ohrenbetäubend.

Snups schnappte sich seine eigene Waffe in Taccos Linker, der mit ungläubigem Gesicht nach vorne fiel. Dann schoss er auf Samantha. Er traf sie am Fußrücken. Sie verlor das Gleichgewicht und ruderte mit den Armen, auch mit dem rechten, der das Messer hielt. Callisto aber war flink wie ein Wiesel. Sie tauchte unter den fuchtelnden Armen weg. Bald stand sie neben mir.

Ich nahm meinen eigenen Revolver aus dem Hosenbund und legte auf Samantha an. Ihr Haar hatte sich gelöst. Sie hatte sich selbst im Fallen in die Wange geschnitten und presste die Finger auf die Wunde.

»Du wirst mich doch nicht erschießen?« Sie streckte die Hand nach mir aus.

Callisto stand neben mir und ich streichelte ihre verfilzten Haare.

»Warum hast du so lange gebraucht?«

»Es tut mir leid! Haben sie dir wehgetan.« Sie nickte und sah unter sich. Sie hatte ein Kleid an. So eine Art Schuluniform. Ich fand es ekelhaft. Ich entsicherte meine Waffe, meine Hand zitterte. Callisto wendete sich ab.

»Beeil dich! Was immer du machst! Beeil dich!«, mahnte Snups.

»Weißt du nicht mehr, ich hatte dich auf dem Schoß, als du noch klein warst?«, jammerte Samantha.

»Ich wollte niemand etwas Böses. Ich weiß nicht, warum ich dich mitgenommen habe? Es tut mir leid, Christo.«

Meine Hand zitterte immer mehr. Sie war ein Monster, das stand fest. Sie war nicht so hässlich wie Mutter, aber immerhin ein Monster.

Ich nahm die zweite Hand zu Hilfe und legte sie unter die rechte. Nun zog ich den Abzug nach hinten.

»Mir tut es auch leid!« Der Knall zerriss Zeit und Raum. Der Rückstoß ließ mich gegen Callisto taumeln.

Ich verschwendete keinen weiteren Blick.

»Los doch!«

Snups öffnete die Tür. In dem Flur mit dem roten Teppich herrschte Chaos. Halbnackte Mädchen rannten schreiend Richtung Ausgang. Die Freier schubsten die Mädchen zur Seite. Sie alle wollten zum Aufzug oder zum Treppenhaus. Als sie Snups mit seiner Halbautomatik sahen, nahm das Gekreische noch zu. Ich wollte mich allerdings eher Richtung Feuertreppe orientieren, die direkt zu unserer Linken lag. Man musste dazu eine Glastür öffnen.

Snups sicherte den Gang. Ich schob die Mädchen durch den Notausgang auf die gewundene Feuertreppe und schaute mich nach Snups um. Da erkannte ich ihn: den Don und seine Männer. Der Don kam mit einem eleganten Anzug und einem Hut und seine beiden bulligen Bodyguards standen ihm in nichts nach.

Sie eröffneten das Feuer und die Hölle brach los. Die Menschen schmissen sich auf den Boden oder flüchteten in die Zimmer. Ohne Rücksicht auf Verluste gingen die Männer voran. Snups schoss zurück. Er ging rückwärts und hinter ihm zerbarst das Glas der Notausgangstür. Es regnete Scherben auf unsere Köpfe. Die Mädels schrien und rannten. Wir waren auf der Treppe und Gott sei Dank mussten die Mädels nur ein paar Stufen nehmen. Denn nun gaben wir alles.

Mein Kumpel strauchelte. Ich feuerte ihn an: »Komm hoch, sonst sind wir alle am Arsch. Callisto stand nun auf dem Parkplatz. Sie sah mich unschlüssig an. Ich zeigte in die Richtung, in der das Auto stand. Gott sei Dank war eine Baumreihe dazwischen. Snups feuerte sobald einer von Dons Männern, die Nase durch die zerborstene Glastür steckte.

Die Mädchen rannten vor. Die Blonde war barfuß wie ich selbst. Obwohl die Mädels schnell waren, holten wir sie bald ein. Das Geschrei und auch die Schüsse wurden leiser. Einmal drehte ich mich nach Snups um, weil er nicht kam. Während einer der Bodyguards vornübergebeugt über dem Geländer hing, legte er auf meinen Kumpel an. Mein Revolver war kalt und mein Herz war es ebenso. Meine Hand war ruhig und die Kugel fand ihr Ziel. Das Arschloch brach auf der Treppe zusammen und versperrte unseren Verfolgern den Weg.

Ich aber lief zu meinem Freund und griff ihm unter die Arme.

»Wir haben s gleich!«

Wir schafften es hinter die Bäume: Ich nahm Snups den Schlüssel aus der Tasche und schon waren wir in der Karre. Auf dem Parkplatz herrschte Durcheinander. Viele Freier wollten fliehen und hupten herum. Snups raste wie der Teufel eine Allee entlang und bog in eine Landstraße ab. Es war unser Glück gewesen, dass wir außerhalb des Geländes gestanden hatten, sonst wäre unser Fluchtweg abgeschnitten gewesen.

»Und nun?«, fragte Snups nach einer Weile.

Erstmal essen, dann habe ich noch etwas zu erledigen.

Epilog

»Rache sei süß, sagt man. In Wirklichkeit ist es nur die Vorahnung daran. Daran zu denken, wie dein Gegner ein doofes Gesicht macht, wenn er dich wiedersieht. Daran zu denken, wie er leidet, wenn du ihm eine Kugel ins Bein schießt und wie sich seine Züge verzerren.

Nein, Rache ist ein notwendiges Übel, ein Versprechen, das man demjenigen gibt, den man im Spiegel sieht.«

Meine Mama hatte ich nicht gefunden, aber ich hatte mich selbst gefunden. Ich wusste, was meine Bestimmung war und ich kehrte nach Eden zurück.

Unsere äußerlichen Wunden würden heilen, doch wir schleppten Erinnerungen herum, Narben auf unserer Seele, die ewig währten und es war gut so.

Dann und wann, wenn die Zeit reif war, erfreute ich mich an ihrem Schmerz, denn ich war es gewohnt, aus Schmerz Kraft zu schöpfen. Nun war der Moment, es zu beenden.

Der ewige Wind prallte an die Felsen und er sang ein Lied des Schmerzes. Diesmal war es nicht mein Schmerz. Der Wind trug Rus gen Himmel und die Möwen flogen durch schwarze Wolken. Ich aber saß auf einer Klippe und schaute zu, wie Eden brannte und sich auflöste, als hätte es es nie gegeben.

Gabriel war gestorben, wie er gelebt hatte - wie ein Baum. Ich hatte irgendwie Respekt vor ihm, deshalb hatte ich nicht lange gefackelt.

»Dein Vater war ein großer Mann. Er wusste was richtig und was falsch ist und war bereit dafür zu sterben. Ich habe geahnt, was passieren würde. Ich habe geahnt, dass du so wie er bist.«

»Wir sehen uns!«

Ramon war wie eine Schlange, die zischte, jammerte und sich verstellte: »Das mit deinem Vater«, sagte er, »das habe ich nie gewollt. Glaub mir, ich hatte keine Wahl, ich musste es tun, sonst wäre ich selbst dran gewesen.«

»Aufgeschoben ist nicht aufgehoben!«

Mutter lag rauchend auf ihrem Bett, sie war nicht überrascht, obwohl wir einige Zeit hatten verstreichen lassen bis wir zurückkehrten. Sie lachte und hatte eine Zigarre in der Hand. Sie erhob sich schwerfällig und ihr Körper schwabbelte wie das Wasserbett selbst. Sie hatte einen Kimono mit rot- gelbem Ying-Yang-Muster an.

»Ich wusste, du würdest zurückkommen. Es steht auf deinem Plan.«

»Dann weißt du ja, was als nächstes kommt?«

»Christo, mein Sohn, es muss nicht so enden! Du weißt, ich habe Geld, unendlich viel Geld. Du könntest einsteigen und ganz groß werden.«

»Ich bin schon groß und ich bin nicht dein Sohn!«

Etwas in mir tickte aus, mir riss der Geduldsfaden. Ich schoss ihr in die fleischige Hand, dann in ihre Brust. Sie lebte noch, aber das war nicht schlimm. Sie sollte das Ende kommen sehen. Diese Vorstellung war mitunter das Süßeste an meiner Rache.

Das letzte Streichholz aus dem Briefchen meiner richtigen Mutter hatte ich mir für etwas Besonderes aufgespart. Das Benzin hatte ich aus der Scheune und viele der befreiten Kinder halfen mit alles mit ihm zu benetzen. Sie jubelten und johlten. Erst wollte das Streichholz nicht zünden, doch dann war seine Flamme hell und stark, als ich es in das trockene Heu fallen ließ, setzte es ein Lauffeuer in Gang.

»Für dich, Peter!«

Ich rauchte, ich hatte nun viele Zigaretten. Einige der Kinder hatten sich zu mir gesellt und betrachteten das Schauspiel von meinem Aussichtspunkt aus. Wir machten eine Party. Ich hörte Peter lachen.

Er war tief in mir. Einmal meinte ich. Mutters brennende Gestalt am Fenster gesehen zu haben.

Sicher war es nur ein Balken, der durchgebrannt und heruntergefallen war.

Als ich keine Asche mehr, sondern nur noch das Salz des nahen Meeres riechen konnte, war es Zeit aufzubrechen.

»Heiratest du mich jetzt?«, fragte Callisto.

»Später!«

Buchtipps Dreamc@cherverlag:

„Im Wald, da sind die Schlangen“ ISBN:978398223100 Taschenbuch 10,45 Euro, Ebook 2,69 Euro- mit kindle unlimeted kostenlos), Autorin Tina Krauss

Dies ist der zweite Teil der „Im Wald-Trilogie". Während der erste Teil, „Im Wald, da sind die Schweine“ noch bei Twentysix-Verlag verfügbar, wird aber bald zum Dreamc@cherverlag heimkehren. In den „Im Wald-Büchern“ geht es um den zwölfjährigen Lutz und die gleichaltrige Nini, die sich verlieben. Lutz hat ein trauriges Geheimnis: Sein alkoholkranker Vater verprügelt ihn ständig. Doch es gibt eine magische Wendung als die Kinder in den Wald abhauen und dort mit unerklärlichen Ereignissen und einem Hüterschwein, namens Eddie, und den Prophezeiungen der „Blauen Blume“ konfrontiert werden.

In „Im Wald, da sind die Schlangen" sind Lutz und Nini zwar noch zusammen, aber es läuft nicht so prickelnd. Mario taucht aus Ninis Vergangenheit auf und macht ihr schöne Augen. Während Lutz mur über seinen Stiefvater grübelt und Angst vor seiner Rückkehr aus dem Gefängnis hat. Hinzugekommen ist noch ein dritter Strang, in ihm wir zurückgeblendet ins Jahr 1631. Die Autorin hat ihrem Buch einen wahren Hintergrund zugrunde gelegt und zwar die Verbrennung zweier angeblicher Hexen. Die eine war Maria veneficia(die Giftmischerin), die andere war die Welsche Jodoca(welsch steht für ausländisch). Jodoca soll für den Waldgott Hönir ein Ritual vollführen, bei dem diesem ein Waldstück im Saarbrücker Wald geweiht werden soll. Allerdings geht das Ritual schief und der Gott hängt fest. Durch diesen Frevel kommt der Dämon Tschinchini in die Welt der Jodoca fortan nach der Seele trachtet.

Jodoca um jeden Preis ihre Freundin vor dem Feuer retten.

Wird es ihr gelingen? Lest selbst!

https:// jugendbuecher-tina-krauss.jimdo.com

Buchtipp 2: „Ex-Lex" Mutterlandtrilogie 2

Nachdem Eden brannte, führt Christo seine Ex-Lex, was gesetzlos bedeutet, in eine neue Freiheit. Hierbei lebt die kleine Schar als Vagabunden im Wald.

Callisto kann aber nach der schlimmen Zeit in der Villa Prima nur noch daran denken die anderen Gefangenen aus den Händen des Don zu befreien. Hierbei wagt sie einen Alleingang und wird gefangen. Der Don übergibt sie einem anderen Clan-Führer, den man Khan nennt und der in seiner Residenz ein grausames Regiment führt.

Nun steht Christo vor seiner schwierigsten Prüfung, hierbei muss er nicht nur an seine körperlichen und psychischen Grenzen gehen, sondern am Ende auch seinen eigenen Stolz überwinden.

»Zeit und Raum gibt es nicht im Traum. Eventuell existieren sie gar nicht. Es sind nur wackelige Balken, an denen sich das trübe Gemüt gerne festhält, um nicht ins Bodenlose zu sinken. Die Wahrheit allerdings ist irgendwo dahinter,

jenseits von Uhren und Tageslicht, dort, wo nur die Mutigsten hingelangen. Die, die sich am Ende doch trauen zu denken.«

Nun, da der Mond am Himmel stand, kam ich heraus, wie eines dieser kleinen Nachttiere und ich erklomm den Berg. Was beschwerlicher war, als der Abstieg, bei dem ich so mit Adrenalin vollgepumpt gewesen bin, dass ich nicht Herr meiner Sinne war. Ich hatte mein Messer dabei, aber meinen Stolz abgelegt, so wie das zerfledderte Hemd, was ich stellvertretend für mein Leben einfach bei den Glocken niedergelegt hatte.

Ich hoffte nicht auf Gnade, diese Hoffnung hatte ich verwirkt, als ich Khan, dem mächtigsten Typen hier, das Gesicht mit seiner eigenen Gabel zerfleischt hatte. Ein wenig grinsen musste ich schon, wenn ich daran dachte, dass er so auch nach meinem Ableben ein Souvenir an mich behielt.

Als ich die Lampen am Eingang der Villa sah, holte ich tief Luft.

Dann stolperte ich einfach weiter. Es gab einen Riesentumult. So glückliche Gesichter hatte ich in meinem Leben bei so

abgefuckten Söldnern nie gesehen. In Gedanken hatten sie schon die Belohnung für solch einen fetten Fang vor Augen. Vielleicht war es bei einigen auch nur das Zurückerlangen persönlicher Rechte.

Es war mir egal.

Taschenbuch Ex-Lex 8,99 Euro ISBN: 978-3-9822231-48

E-Book 2,41Euro, bei Kindle Unlimeted kostenlos

Buchtipp 3: „Absolution" Mutterlandtrilogie 3

Taschenbuch Ex-Lex 8,99 Euro ISBN: 978-3-9822231-48

E-Book 2,41Euro, bei Kindle Unlimeted kostenlos

Leseprobe: Absolution Mutterlandtrilogie 3

Taschenbuch: 8,99 Euro bei Amazon, E-Book 3,-Euro

(0,- kindle unlimited)

Autor: Fynn Degen

Verlag: Dreamc@cher

Jugendbuch ab 15 J.

Warum ihr das Buch lesen müsst?

Hi Leute, in alter Manier taucht die ab in eine Welt voller Butrache und Menschenverachtung ab. Sie ist regiert von mächtigen Männern und Frauen, die das Leben ihrer Untergebenen mit einem Fingerschnippen beenden.

In sie wurden die Ex-Lex geboren, niemand kennt ihre richtigen Namen, niemand ihre Geburtstage, doch sie haben sich und sie haben keine Angst.

Durch die Träume dieser Jugendlichen streifen Figuren wie "Mutter", Gabriel und Solomon.

Doch wäre es nicht interessant zu klären,wie so ein Ungeheuer so barbarisch werden konnte und ob so ein Dreckskerl am Ende Vergebung verdient hat, wenn er beispielsweise bereut oder so ähnlich…

Nehmen wir einmal Solomon.

»Warum bist du mitgefahren?«, wollte ich wissen.

»Ich wollte Titus nicht allein lassen, Snups nervt mit seinen Ausrastern. Wen interessiert denn das, ob Katleen mit dem was hatte? Und in der Villa Prima ist keines der Mädchen wirklich Herr seiner Sinne und glaub mir das ist auch besser so.«
Ich nickte: »Es ist halt Snups!«
»Aber das ist zu hart. Titus ist da hinein gerutscht - so wie wir beide. Er hat sich das nicht ausgesucht. Gut, vielleicht hat er Dinge getan, auf die er nicht stolz ist. Aber haben wir das nicht alle?«
»Ja, ich sehe das auch so, aber er ist so in Fahrt und ich weiß ehrlich gesagt nicht, wie ich ihn stoppen soll.«

Ich blieb bei Callisto und beobachtete die Szene. Snups fesselte gerade Titus Hände mit Kabelbinder und Bommel stand unschlüssig mit der Knarre, die viel zu groß für ihn wirkte, herum.

Da fiel Titus vor Snups auf die Knie: »Bitte, bitte tu das nicht! Bitte verzeih mir! Ich bessere mich und tue alles, was du willst, nur tu das nicht! Sie werden denken, ich hätte ihre Geheimnisse verraten und werden mir die Haut abziehen und mich bei lebendigem Leib abfackeln.«
»Ich weiß«, murmelte Snups.
»Bitte Snups, hab ein Herz! Dann bring du mich lieber um, wenn du es für nötig hältst! Bitte, ich flehe dich an!«
Er sah meinem Freund in die Augen.
Ich war nervös und qualmte. Khans Residenz war in Sichtweite, doch wir waren hier in dem Buchenhain erst einmal verborgen. Ja, sie würden Titus finden - jedoch erst beim nächsten Rundgang.
Die ganze Vorderfront des weißen Gebäudes war verkohlt, dennoch standen Autos davor und es liefen Menschen hin und her, die von hier aus klein wie Ameisen wirkten. Sie formierten sich also neu.
Snups sah zu mir und wir tauschten einen Blick. Meiner sagte: »Tu es nicht!«
»Steh auf!«, knurrte Snups kalt. »Stell dich da hin!«

Er fummelte mit dem Messer vor dem armen Kerl und band ihn mit Bommels Hilfe fest.
»Schönes Familientreffen noch!« Er ging einfach. Bommel stand noch da.
Ich spuckte aus. Mein Freund war unsagbar grausam geworden, sogar so sehr, dass ich an unserer Verbindung zweifeln musste.
Snups kam auf mich zu.
»Bitte Snups, du musst das nicht tun. Verzeih mir! Mach mich los! Snups, überleg es dir!«
Er hatte sich auch eine angesteckt und war fast da. Ich machte die Augen zu und hörte den Typ weinen. Wie ein Kind weinte er. Wie ein Kind, das viel Leid ertragen musste.
Snups blieb stehen. Die Zeit stand still. Die Vögel hörten auf zu zwitschern, der Wind schwieg. Genau in diesem Moment geschah es: Mein rothaariger, brutaler Freund zögerte. Er zog an der Kippe und dann drehte er sich um und stapfte mit einem Affenzahn zurück. Er hielt dem Gefesselten die Klinge an den Kehlkopf.
»Wieso, sagst du dauernd meinen Namen?«
Von Titus kam nur Geröchel.
»Du wirst bereuen! Du wirst den Ex-Lex dienen! Sehe ich deinen schwarzen Schwanz auch nur in der Nähe meiner Frau, dann bist du tot!«
Er nahm das Messer und machte eine ausholende Bewegung. Titus zuckte, aber er schnitt nur in einem Rutsch das Seil entzwei. Dann durchtrennte er den Kabelbinder. Der Schwarze rieb sich die Handgelenke, um Snups dann um den Hals zu fallen. Nun heulte er richtig: »Danke!«
Einen kurzen Moment wurde es spannend und ich dachte, Snups knallt ihm ein paar. Trotzdem ließ er es zu und als die beiden sich umdrehten, sah Snups hoch und ich erkannte etwas in seinem Blick, was ich schon lange nicht mehr bei ihm gesehen hatte - Mitleid.
»Respekt!«, meinte Callisto.
Wir stiegen ein.

Snups startete den Motor: »Auf nach Abschalom!«

Fynn-degen-mutterlandtrilogie.jimdofree.com

Wer zum Teufel ist eigentlich Fynn Degen?

Ich bin 1982 geboren und lebe in Saarbrücken bei Dudweiler. Ich schreibe schon seit meiner Kindheit und seit kurzem beim Dreamc@cherverlag.

Ich bleibe gerne inkognito und nicht jeder muss wissen wer ich bin.

Literarisch verstehe ich mich super mit meiner Kollegin, Tina Krauss, die für Eden die Bilder malte. Für das und all deine Unterstützung danke ich dir!

Wollt ihr mehr von mir wissen:

fynn-degen-mutterlandtrilogie.jimdofree.com